“广西文化名家暨‘四个一批’人才”文丛

彩云追

CAIYUN ZHUI

惠仁题

沙地黑米 著

漓江出版社

序

汪惠仁

在一次行业培训的场合，认识了沙地黑米。

当时的情况是，分组讨论。坐满了嘴里码洋过亿的人，并且他们表示还要往前冲，他们把时间和对应的事业台阶勾勒出来，很清晰——你可以想象，成功者谈论成功时的轻松和喜悦，就像天津人烫了热水澡后再咬个沙窝萝卜那样，气定神闲，风轻云淡。在行业之眼里，文学编辑要和他们竞赛。

忽然就听到了另一种声音，来自沙地黑米，她是唯一在这个场合还在说着“文学”的人。

后来就读到她很多的文字。

“我”的故事，他人的故事，个旧，北大，桂林，她的追忆是有限的；她的特别韵味来自，她将远方、更远的远方隐藏起来，她将自己内心的释然同样隐藏起来——她知道做一个抽象的高人是危险的，她也不想在故事里点缀教义。

我们需要在“津津有味”里发现她，我们需要在“难以割舍”里发现她。

在《彩云追》里，沙地黑米给我们提供了两类细节。一类细节在“津津有味”的细节群里；而另一类，则是孤立的细节，不是因为“难以割舍”，它们将早已消失于时光之流。

怎么会有那么大的兴致来追忆那么多的琐事？我有时想这么问问她。小学到大学的事，她仿佛都记得。她对一个北大美人的探究精神，让我愧疚。我不也是念过那么多年书么，记得的事却是那么少。世界在她那里是“津津有味”的细节群——这是沙地黑米了不起的地方。没有反叛什么，把世界置于“朗照”之中，似乎从一开始她就知道，这就是我们注定要沉浸于其中的世界，难以概括的世界的本质就是一个又一个的细节。她翻看着照片，忽然拍着北大美人的肩膀，说：“这就对啦，你像你外婆。”这种声音，对我，对所有妄图概括世界的人都是一种棒喝。中国现代以来之随笔写作，因其伴随国家现代化的整个过程，写作者总是难以克服基因般的意识形态的冲动，我们热衷于幻觉中的“应该”之世界，而对于“怎样”之世界则常常丧失观察与体会的兴趣。沙地黑米给我们这样的机会，在“应该”之世界流浪之后，我们终究要回到“怎样”之世界：世界就在那儿，一个一个的细节构成了它，就像一个一个问题构成了生活。

沙地黑米的文字里还有另一类细节。那些细节当然也是安放在这个世界之中的——只不过，和庞大的世界相比，那些细节显得脆弱而孤立，一个津津有味的讲述者回到她自己那里的时候，她呈现给我们的又只能是那些“难以割舍”的细节。犹如古人之放鹤，捉住是为了放送，留下一笔，意在呈之于苍茫。

她写一个早逝的同学，恰恰不表露半点浓情，悲痛也不剧烈，而哀伤却是漫长：这早逝的同学与沙地黑米并无深交，细节仅仅是，那个模糊的身影隔着马路与自己平行着去学校，后来马路对面的人就消失了。

她写自己少年时刹那的暧昧的情感体验，也是极简主义的笔法，令人回味无穷。背景是中越边境战事，军地联谊，她记得那个战士在开赴前线之前对她的意味特别的叮咛，这直接导致了战事之后军地再度联谊时，那个小小的沙地黑米已经酝酿出自己不能承受的羞怯，她躲在门帘的后面不敢与那战士相见。

无非是世界，无非是“我”。沙地黑米说的就是这两件。

“温情民谣叙事”，我想给她的随笔一个这样的总称号。

目录

云　锦

· 词语漂流 ·

· 个旧各位 ·

· 沙地沙发 ·

两朵云

云锦

词语漂流

坡

坡是V形，合成两面陡坡下冲的低谷；坡又是M形，山谷里的人，随时都有着往两边爬坡上山、探问山那边世界的心理定式。

我的家乡个旧市，就处在两边山的夹缝里，东西夹峙，俗称夹皮沟。沟的北路出城，南路被山挤在一起，基本不通。东边的山叫老阴山，西边的山叫老阳山，老阴山比老阳山高，所以个旧频出当家做主的强势女人，哪怕嗓门不粗，面相不凶，心里的大主意也拿得定定的。

小时候不懂阴阳理数，只管老阴山叫“老鹰山”，老阳山叫“老羊山”，小孩心眼都实，和动物有着天然的亲近，说个动物名，好记。话说那老鹰山，还真像一只振翅下冲的老鹰，耸着肩胛，支棱着翅膀，两翼对小城形成拱护抑或踞守之势；山梁像一堵平直的高墙，在城区几近没有起伏；最妙是那老鹰的脑袋，就在平直的山梁之上，兀自突出那么一块山崖，不偏不倚，就在山的正中，呈俯角瞰视个旧全城——崖上有个洞，洞口形似铺开竖起的一块红领巾，俨然鹰睁着的一只眼睛。

老羊山就绵柔和缓多了，上面有人居，有车道，和老鹰山相比，多了亲近，少了神秘。我外婆家的房子，住的是外公公司的宿舍楼，就在老羊山小半坡上，我们常在家里阳台上和家人一起看对面的老鹰山——看别的山那都不叫看山，别的山没气势，要说看山，我们个旧人只看老鹰山。老鹰山像戏台上的一个大布景，有时高原急雨将至，会骤起强对流大雾，那大雾像戏台前一道密实的幕布，会在几分钟之内从山的右边拉到左边，把整座大山从头到脚遮个严严实实。没见过你自然不会信。

没雾的时候，白天你会看到大片灰黄的山坡，那是长了浅草的坡地，还有小片的墨绿色树林，只是墨绿色的面积日见缩小了——好像每年都有山火。那山火要是在晚上发生，我们在外婆家阳台上除了看到成团的火域，还会看到绵延的小火路像蛇一样延伸。大人们会说，那是消防队上去救火的人。同样是火，这火可以灭了那火。火终于被消防队员们扑灭了，白天再看那山，坡好像分崩离析了，连树带草被火舌舔舐过后，露出烧得焦黑的土皮。有几次火灾过后，山的当胸还露出一排大字，“工业学大庆”“反修防修”之类。那字真大，几乎横越大半座山。大人们说了，那字只合在远处看，要是走到近处，就都是石头了，看不出字形。那是由专人用石块拼成的巨型标语，只是挡不住野草生长的节奏，拼成后不久就被湮没了。现在被山火一烧，便露了出来。可是在四季如春的个旧，人类的形迹显得如此之渺小乏力，小草在根上蕴含着野火烧不尽的力量，不多久，标语又看不见了。

不光我们土生土长的本地孩子看山，外公、外婆是抗战时期避祸大西南的外省籍知识分子，在云南生活了大半辈子，看了大半辈子的山。黑鸟和我结婚后第一次随我回云南娘家，就在外婆家的阳台上，外公指着山谷里的云说：这些云，早上从这边飘过来，慢慢地，往那边飘过去。他说这段话时，眼神是安详的，手里还端着一杯茶，所谓风雨不动安如山，好像聊的是自家的后花园。

个旧孩子成长过程中少不了的一句“天问”就是：“如果爬到老鹰山顶，是不是就可以摸到天？”每个孩子心里都憋着一股爬山的冲动，想用双脚量一量山有多高，想到山顶上去伸手摸一摸天空的脸蛋，想看看山那边被挡住的世界究竟是什么模样。我弟属虎，从小身板结实，一身虎劲儿。学龄前淘气过度的时候，我和我妈都有点降不住，我爸又在野外做测量，经常不在家，我和妈一合计，就想了句话，经常拿来吓唬他——

“再调皮就把你送去旧社会！”

弟弟每次都惊问：“旧社会在哪儿？”

我们用下巴点点老鹰山，示意说：“那边！”

弟弟急哭：“我不去旧社会，我不去旧社会……”

关于旧社会，当时有很多吓人的故事。小学一年级我们班就听讲用，有个披头散发的半老女人在台上哭天抹泪地痛说她被地主用尿盆浇。大概是那表情、动作夸张过度了，很多同学憋不住都笑了。但只有我被老师狠剋了一顿，因为我是班长。老师也不问先后，只说我带了个不好的头。我和我弟看过一本叫《一块银圆》的小人书，那上面同样是一对姐弟，生在穷人家，被地主强拉去灌了水银，做成端坐莲台的童男童女，陪着地主婆一起下葬。看得我俩相对无语，背上寒森森的，毛骨悚然。整本书是黑白灰三色，旧社会很多事都是没有颜色的，就连电影里只要一放到旧社会，画面也会从彩色瞬间切成黑白。谁会愿意去没有颜色的地方呢？

因为没去过山那边，就可以用一切来填充想象，包括混沌和蒙昧。其实山那边也是别人的家，别人隔着山，也可以把这边想象成旧社会，个旧的社会。

洛洛兄弟俩就住山那边，是转学来个旧的。我就读的和平小学那时改名“反修”，是远近闻名的市重点，很多家长千方百计要把孩子送来上学。我妈是反修的老师，我守着家门就能上好学校，得了不少便宜。洛洛他哥转来和我做小学四年级同班，来之前我是班里的无悬念第一名，来之后我再当第一名就要努把力了。洛洛则转到我妈班上，是我妈钟爱的几个好学生之一，好学生也常来家里义务补课。洛洛来了，白白净净戴副小眼镜，低年级小同学很是腼腆害羞的样子。我妈说，这几个孩子有余力，吃不饱，给他们多学一点，这就算得意门生待遇了。写这么多是想说明，山那边的孩子也不可轻看，来了就是尖子生。

长大以后的洛洛变洛总了，洛总和我回忆，那时上学在个旧，家暂时还没搬过来，还在山那边，于是每周搭车回一次家，就成了刻骨铭心的记忆。经常是，班车挤不上，就得挤小货，小货车乘客没座位，都站在车斗里，塞得满满当当地翻山越岭。于是车子上坡，后面的小孩怪叫；车子下坡，前面的小孩怪叫——全是被挤得喳喳鬼叫那种。就这么挤着挨着，也长大了一代人，出息还挺大，没有被挤傻。话说那年头的大人好像都没心没肺，挺不操心的，可是细想之下，他们又如何操心得过来呢？

记不清是几岁登的老鹰山顶，上去之后真是大失所望。才发现山顶它不是一个尖，而是一个面——不是在下面看到的高高在上的云端，而是山外有山的新的起点。更何况，即便踩上了老鹰的脑袋，也休想摸到天。天还是那么高，一点都没缩小与人的距离！风倒是无比地大，正好给人醒脑。老鹰山顶是我世界观的起点，只是我当时并没有意识到。

登过顶的大孩子比小孩子多了几分玩世不恭。于是就有一次，我们一帮孩子从山的正面锻炼登顶，专拣山肚子上没路的大坡爬。山坡很陡，但人多胆壮，小孩们都揪着小把的山草小心翼翼一步步往上爬。爬着爬着，一抬头看到“老鹰”露头了，那山包呈俯角森然逼视着我们这一群，蓝天下乱云飞渡，连山也要动起来一样。我居然没被吓到，还恶作剧地高喊了一声：“快看快看，老鹰露头了！山要倒了！”

接着就听到小弟“哇”地放声大哭，他当时就在我近旁，六七岁的年纪，戴着他那“南征北战”款式的皮军帽，非常光荣地没被队伍落下。谢天谢地！还好他只是哭，边哭边手脚并用一通狂爬，一直爬到山头安全地带，才知道山并没有倒下去的意思，才来找他的恶姐清算。我弟真是吓大的，生二胎得生神经粗大的二胎，必须的。

洛洛也是二胎。他清楚地记得第一次登顶老鹰山的样子，那是小学四年级的清明。扫完墓一帮同学相约就去爬了山，还真爬到了山顶。问题是，一上去就赶上了雷暴雨，那雷追着小孩，就在耳边炸响。一伙小孩慌不择路，想抄近道往山下跑。“没想到选的那路，就是刚刚烧过山的。连滚带爬地下来，每个人都受了伤。”

他们下山那路，说来正是我当年边爬边吓我弟那大陡坡，而且一样置身险境，没有大人在场。

2016年2月

汤

我知道我不可能凭着一碗汤漂回过去，更何况，云南的汤一点也不浩浩荡荡。

在云南，汤是另一种菜。当地主妇招待你的饭桌上如果有一碗汤，那么请注意，重点不在于汤，而在于汤里的菜。如果是芋头白菜汤，汤里就嶙峋着芋头，嶙峋着白菜；如果是排骨海带汤，汤里就嶙峋着骨头，嶙峋着海带。以此类推。嶙峋，永远是这边汤的一种姿态。

云南汤里面的固形物和水的比例至少是二比一。所以，如果说广东汤水势浩渺足以载沉载浮的话，云南汤的浇薄就连滥觞也不够了。广东汤是平静深广的水域；云南汤是海岸林立的礁丛，菜们如礁岩般块块突出于水面，至于周围的汤水么，当然也还是有的，但不够你大碗地喝。云南主妇如果给你盛汤，你端到手里的必定是一碗菜，因为只舀汤水不舀菜，这在当地是很不礼貌的犯忌行为，有违待客之道。

有个对云南风物渐趋入迷而号称脱桂入滇的云南女婿黑鸟，来自把喝汤等同于信仰的两广，起初心里那个纠结哟，简直难以启齿：我不就想喝碗汤么，怎么老盛给我汤底菜？这话只说对了一半——在云南，汤作为一道菜不是用来喝，而是用来吃的，此其一；其二就是，云南汤里的菜和两广一带老火靓汤里千滚万煲的汤底菜全然不是一码事。两广人光喝汤，不吃汤底菜，因为汤底菜无聊而乏味，味道早都进到汤里去了；云南汤里的菜则不同，因为大家都抢着吃，味道还鲜着呢，往往就全吃光了。在云南，菜是人们摄取高原生活所需能量的主角，至于可以补水祛湿的汤水，这里的人对它似乎一直提不起多大热情。

过桥米线则反其道而行之。过桥米线之所以能“过桥”，完全要仰仗一碗汤的浩瀚之势。有多浩瀚？浩瀚到那盛米线汤的碗它就不是一个碗，而像一个小号的洗脸陶盆；浩瀚到如黑鸟之流的外省女婿伏在那盆边，觉得那好像不是一碗汤，根本就是一个湖，一个不断涌着热泉的湖。人只要临“湖”而坐，就已经不是一般的食客，而成功变身为一个姜太公式的智者了。这不，朝左边看看，漂过来一片草芽，或者玉兰片；朝右边睃睃，漂过来一块氽肉，或者云腿片——生活如此惬意，一直都有惊喜。然而异乡人黑鸟在这儿有的不只是惊喜，他按他家乡的习惯，每次都努力要喝完那碗高汤，却每次都只落得望“洋”兴叹。

不要以为过桥米线汤既然浩瀚成汪洋之势了，就翻身变主角了，非也非也。在云南，汤的身价始终比不过菜，纵是浩瀚又如何？因为汤是工具，菜仍然是目的，过桥米线宽汤足料，汤永远是用来烫菜的，所以要足够宽，足够烫，才能完美地履行职责。喝米线汤当然也可以，但上不了主流话语台面。云南妈妈如是正告孩子：“不好好学习，以后只有喝米线汤的份！”

这里指的是，过桥米线馆里的食客每每喝不完那碗大汤，于是当年，有流离失所的叫花子，别处找不到吃的，每天就到米线馆里去捡汤喝。店家看着可怜，也不轰他们，一来二去，就成了默契。过桥米线汤一般都够油，热量够高，不时碗底还能捞到食客吃剩的米线和小菜。个旧的冬天，也时有5℃以下的降温期，冷飕飕的雨雪天，几碗残汤足以庇护一个衣着单薄、打着赤脚的无家可归的人。此情此景，汤已经不是汤了，而是人间的菩萨心肠。

其实流浪汉能捞到的汤底料委实不多的，当年物质匮乏，一般家庭非年非节的，不吃过桥米线。拿我家来说，老爸一连两三个月在外工作，回来的那几天里，全家能有一次吃过桥米线的机会，小孩子们就很知足了。而且油和肉都凭票定量供应，过桥米线汤里的油，那叫一个滴滴香，哪怕用来抹嘴都行啊，怎么会剩？至于里面能吃到的肉片就更加都是宝，一片也不会留。也有心怀不忍的成年人，见有乞丐过来，不说一句讨要的话，只拿眼神怯怯地看你，便恻隐之心大动，当即不吃了，全都推给乞丐兄弟。同在天涯，谁心里的沦落不是沦落，沧桑又不是沧桑呢？只是孩子们看不懂罢了。

喝米线汤上不了台面的另一个例证就是，云南人对于体形发胖的人，惯常有一句民间的定评：“喝米线汤喝多了！”意思自然是一厢情愿地指认那人有些好吃懒做。可是，好吃懒做归好吃懒做，关米线汤何事？这个例子只能说明，过桥米线在云南人生活里出现的频率，是越来越家常了。至于各人长胖的原因，那都各有千秋，也不能全怪罪到米线汤身上。但是，云南人吃过桥米线不爱喝汤却是真的，有点集体无意识地过桥过桥，过河拆桥，于是餐馆只好把大碗的残汤端去倒掉。此举在改革开放之初，曾经吓退过准备到云南投资的港商——两广人恰恰重视喝汤，认为营养都在汤里，所以会被云南人吓到大惊失色，觉得当地人太过豪奢。

听在德国生活过的朋友谈起，如果云南的汤都还不像汤的话，德国的汤就更加不像汤了。如果云南汤还算礁石林立的海域，那么德国浓汤根本就是一片物我不分的沼泽地——基本都是糊糊，看不见汤水在哪里。想来欧洲的汤都差不多这样，法式奶油浓汤也好，俄罗斯罗宋汤也罢，要么呈糊糊状，要么就是一盅红汤，根本看不见汤水清亮。我不知道是不是可以就此从中国的南部沿海，向欧洲大陆画一条斜线，越往斜线的西北，汤越缩水而趋向固态，反之越往东南，汤越宽阔激扬而趋向清白？

原来光一个“汤”字，不同地域就有如此不同的表现形式。世间有如此多的概念，具体形物尚且歧义丛生，遑论抽象观念表达的各执己见。

2012年11月

旅　行

在故乡时我是如此没心没肺，一直觉得“旅行”是个美好的词语。

我曾经那么单纯地喜欢旅行，并在潜意识里认为，人可以一直旅行，无所谓归家；人一旦开始旅行，就可以义无反顾，勇往直前。之所以有那么一根筋的单程旅行观，概因在我童年时期，从来没人提醒过我，旅行也是一种毒。

我的第一件郑重其事的玩具，名字就叫“小旅行家”。所谓郑重其事，剔除一切的随意与非正式性，是父亲在母亲嘱托之下，特地从他工作的城市杭州，给他年幼的头生女买回来的。注意，是买而不是自制，那年月普通家庭都没有闲钱，可它作为额外开支，一定花了父母不小的一笔——在当时的云南个旧，这件远来的玩具非常罕见地配有发条，用一把钥匙把发条上紧了，再松开钥匙，往桌上一搁，他就会笃笃走起路来。是的，小旅行家是个男孩，神气活现地穿着白衫蓝裤，蹬着皮鞋，系着皮带，戴着蓝白鸭舌帽，关键的关键，还提着一只棕灰色的皮箱。虽然这玩具用来表达皮箱的部分用了铁皮材质，可我知道那就是一只皮箱，跟父亲从杭州回来时手里提着的那只几乎一模一样。我的父亲母亲，根本就是比照父亲当年的模样买回的玩具，完全无视我许多次的合理诉求：我想要一只洋娃娃，跟隔壁小娟家一样的赛璐珞娃娃。

然而，我的成长期里从来没有过一个郑重其事的洋娃娃，我只有过一个郑重其事的小旅行家。而今回想起来，父母在生下我之后的很长时间里，其实都没有长大。一对分居两地的少小夫妻，他按他的样子买回英气勃勃年轻一代式的小男孩玩具，她也按他的样子对着玩具遥念、相思。至于一旁幼女的咿呀聒噪，不过就是之间的过场和小龙套。刚才说到的《年轻一代》，是二十世纪五十年代拍的一部电影，塑造了建国初期意气风发的都市青年，是当时年轻人追捧的典范，演男一号的演员，叫达式常。不错，父亲是有点自恋，他有自恋的本钱呀，达式常算啥，那时大家都叫他“小孙道临”。

我的洋娃娃就此败给了旅行。我可以不喜欢小旅行家，但却没法无视“旅行”这两个法力无边的字眼。我家祖辈有一半是外来移民，他们或为逃难或为谋职，从内地和沿海战乱地区来到远离故乡的云南，在这儿生儿育女，开枝散叶。于是我从他们那里明白，人类有一种功能，就是能把自己的异乡，变作儿女的故乡。但是，就像一根被拉扯的橡皮筋，我从小生长的环境里总是蕴含着一股向外反弹的力量，他们不说回乡，说的是“外省如何如何”“读万卷书，行万里路”“人要多到外面走走看看才能增长见识”，诸如此类。旅行是什么，旅行指向充满无限可能的远方，而远方，藏着祖辈的家乡。

只有父亲是个特例。在还没与母亲联姻以前，他作为云南自己培养的青年学子，被分配到浙江省一个当时组建的厅级单位，这缘起于当年浙江省“地质大跃进”，报称舟山群岛发现一亿吨铁矿，急需地质人才。父亲上岛后，见到了那个报矿的技术员，他亲口告诉父亲：“上面领导催着找矿，没办法，只要发现小矿苗，岛的这端量量，那端量量，全岛就都成了矿床。”

独自离家在外的父亲，如果说有什么旅行的冲动，指向的始终是归乡的方向。他服务浙江十几年，终于在七十年代初期，我一两岁的时候，在以爷爷奶奶为首的家庭成员的热切盼望下，调回了云南。对于父亲的回滇，母亲倒有几分无可无不可的意思，有着一半江浙血统的她，也不是没想过去浙江追随夫君，只是从云南往沿海办调动，简直堪比登天。所以父亲最终还是回来了。两边都是回乡，也不知谁回谁的乡。诺瓦利斯说过，人类总是怀着乡愁的冲动四处寻找家园。

据说居住在海边的人，拥有有意无意间眺望远方海平面的心理定式，也因此而孕育了那一带的海洋文化。云南深处内陆，无任何海岸线，可是我的童年，向外眺望的姿势和憧憬的热望，竟被训练得如此娴熟，以至后来成为习惯，达到一刻不停、终日不宁的程度。一个实例就是，高中时听说，看人吃饭拿筷子的姿势，可知其未来离家的远近，拿得越接近筷头，这人离家便越远，反之就越近。我便刻意而默默地坚持去捏那筷头，一心一意想要远走高飞。老天有眼，云南并没有亏待我，我家也很是安宁祥和，然而小小女子一个，却那么毫无来由、处心积虑地酝酿着一场为离开而离开的远行，在所有少女时期的照片里，将脖子下意识地仰成指向远方的弧度。想想真是人心难测。

买玩具都很奢侈的年代，“行万里路”更加谈何容易。有一阵人口流动被限制得很厉害，除非拿着单位介绍信出公差，否则简直寸步难行。我家大人开始公然以“旅行”二字纷纷外出，是二十世纪七十年代中叶、八十年代初的事。我父母各自都有很多兄弟姐妹，那时纷纷迎来了婚嫁季。母亲的弟弟妹妹相对新派，经济条件也尚可，因此至少有那么三两对，在那时选择不办婚宴，而去旅行结婚。

旅行结婚回来的新人，带回各种见闻、照片和实物，穿着打扮的时髦程度，相对于个旧小城，也自是上了几个台阶。于是我一个云南小学生，便知道了百里千里之外的重庆嘉陵江、长江三峡、武汉长江大桥、上海外滩、苏州虎丘、南京玄武湖，以及桂林山水；于是“旅行结婚”这个词，成了我家小弟一个很重要的蒙学词语。一次他得到的礼物，是一把旅行剪，其实就是可以拴在钥匙扣上的折叠剪——在我家，母亲郑重其事地把它叫作旅行剪。学龄前小弟无比天真而雷人地发问：“旅行剪，是给我结婚用的吗？”因为在他脑海里，所谓旅行结婚，旅行就是结婚，结婚就是旅行，已经被强化到一起了。

因为家里在山城和沪上都有亲戚，在江浙有根，新人的足迹便每每流连其间，黄河以北却不大涉足，行程单里少见京畿要地，呈现出对于当世政治中心的不自觉疏远。至于桂林，多半是新人返程时的自选动作。滑稽的是，舅舅和孃孃（西南地区的小孩，管母亲的妹妹叫孃孃）们带回的黑白照片上，桂林山水自有一番别处难觅的空明灵秀，可是他们带回的见闻里，桂林人却每每非奸即坏，令人生厌。可见改革开放伊始，桂林得风气之先，早就熏染了比别处浓重的商业气。

然而长辈对于桂林的如许牢骚情绪，对我却并没有丝毫影响。小升初之前，母亲说，你只要考好了，就让你出去旅行。这个所谓考好，不外乎以优异成绩考上重点中学，诸如此类。我答应一定考好，并一口咬定别处不去，只去山水甲天下的桂林。结果，小升初三门主科外加一门书法，满分310，我玩似的考了304，拿了全红河州第一。可是家里大人却爽了约，荒置了我的桂林之行，理由是他们都没空，我无人陪伴。我那荒凉的小心灵，就此长了一个暑假的草，那草不知不觉生了根——山水有约，尚未如期。

人世间的很多事，在发生的时候看似偶然，回过头去仔细一想，彼此之间就有了些许关联和趣味。N 年以后我大学毕业，山不转水转，来到无亲无故的桂林，在这儿倏忽就是半生，仿佛欠桂林的一次单程旅行。

2012年8月

酸荔枝

荔枝是我童年的爱情，无数次置我满腔的热望于不顾，而我却对它始终一往情深。

世上没有哪一种水果能像这样，三拳两脚就把人心给收了，更何况，它那有限的拳脚，还显得如此没心没肺，如此不尽人意。

我吃过的云南荔枝全是酸的，能有多酸，就有多酸，你把全世界的酸加在一起来想象，也不一定酸得过它。酸且不说了，核还特别大。把一颗外形还算硕大的荔枝小心撕去外皮，露出晶亮的白肉，这时的景象最令人满心欢喜，怀着就要亲近它的冲动……可是，小孩子一般都是多事的，此刻偏不直接用嘴去咬，去吞，每每用手去揭这层果肉。这么一揭就揭出鬼来了——原来那肉只在果脐周围稍稍蓄出点厚度，越往核尖上走，就越薄，真到了核尖上，往往连包都包不住，白肉间兀自挤出棕黑的核来。于是让你知道，所谓果肉，不过是在果皮和果核间局促偷生的一小层，很是穷家小户的样子，一点都不像我们今天各处吃得到的两广荔枝，果肉的排布如此豪阔，如此迎合人类。

云南荔枝肉酸核大，可是长得特别美！果子感觉是从三角形努力进化成心形那种，可见其审美心性及执行力之不同凡响。皮色绯红而不是玫红，也不全红，总归会带点绿，于是红红绿绿一大把——老爸每次总是成把成把往回搬的——很是热闹繁茂。果皮上许多的蕾节构成纹路，蕾节稍稍突起，却并不扎手。买荔枝的人按说是不选绿皮的，绿皮表示未熟，未熟就会酸。可是不知为何，每年驾临到我家或者邻居家来的荔枝都有点急吼吼，半生不熟着，就被和买家一样性急的果农摘下，摘的时候还连着叶，荔枝叶很像桂树叶，绿得深沉发亮。果连着枝叶绑在一起，带来些河谷低地或是远山的叆叇气息，很是健康野壮。

爸是从一个叫冷墩的地方，往回搬来的荔枝。他在野外做测量，常常是，从修路的乡下往回走，不光没有班车坐，正经路都没有一条，全靠两条腿硬蹚。所以，他在冷墩向果农买荔枝，果农带他到果园里摘，他每次都把枝条留长一些，这样走路的时候，就比较好扛。每年四五月间，荔枝快熟了，妈就会说："咱家不用从市面上买，让你爸给你们从冷墩捎！"妈对我和弟说这话时，带着些许坚定的自豪感，似乎这家男主人长年在野外工作，只要能捎回冷墩的荔枝，就已经是绝好的弥补。加之老爸常常深夜才到家，到家时我们孩子已经睡下，等到第二天一早醒来，看见老爸赤红的笑脸，荔枝赫然在侧不说，满屋都是刚才说到的远野的气息。所以，冷墩真是一个神奇的名字，不仅连着荔枝，还能带回老爸。

就这样，每年盼荔枝，吃荔枝，每年吃，每年酸，剥一颗，酸一颗，上天从来没粗心到漏下一次意外，吃的口感远远比不上炫的快感——扯一小枝拿着，边吃边串门去看小邻居，惹来的艳羡，绝不亚于那点单纯的口腹之欲。遇到邻居家有哥哥手巧，大伙分享完荔枝之后，他能把那荔枝核拿在手里，用小刀细细雕刻成小桶或是小船，我还让人雕过一双小鞋子，很是精细地带着鞋襻。那年月，总有手巧的哥哥藏在民间，而且他们总有那么多可以用来雕刻的时间。

就像恋人的名字，荔枝这名于我而言始终魅惑，你看它，不叫果也不叫瓜，一个“荔”字藏着三分“力”，别处都用不到，只用在“荔枝”一名上，还偏偏带个树枝的“枝”字，却有着百果难敌的美好妖娆——十分果相，哪来枝形？以至我因此而记住了一个当年演《金光大道》的阿姨辈女演员的名字：王馥荔。她被我记住，几乎无关演技，概因名字里面有个“荔”。

吃荔枝居然吃出甜味，是后来广西荔枝大举入滇以后的印象了，遑论后来受友人之邀，深入广东从化杨朔写《荔枝蜜》的地方，饱尝了一轮香甜多汁的桂味、糯米糍，也见识过传说中奇妙的线荔。而冷墩那些从不培育改良，任其野生野长的荔枝，长大后再未吃过。倒是中学时有一次跟爸去冷墩附近参加过一条路的通车仪式。那是真正的红河谷地，热呵，没命地热，光光的路上，没任何建筑物遮挡烈日，几间有限的茶水窝棚——当地老乡用茅席搭建的，屋檐下早挤满了少数民族乡亲，他们盛装出行，仿佛过节，惯于拿空蒙的眼神睃我们这些城里来的汉人。太阳如此毒辣，天知道他们怎么穿得住那么厚的衣裙?!

热，晒，人山人海，还没有足够的干净水喝。我热到奄奄一息，还要照顾小弟——老爸公务在身，无暇顾及我们姐弟。情急之下，我把小弟扯到一辆停在那儿的大货车轮子底下（现在才知后怕）——四下里真的只有那里才有阴影。进去蹲定了才发现，那下面早已蹲了好几个陌生人，其中有一位，混乱中塞了我几粒人丹——此生遇到的一个救命恩人，面孔竟然模糊得像神……所以，产荔枝的冷墩很不幸，后来在我的印象中，摇身变成了“热蹲”。

2012年7月

甘蔗精灵

那天进家后觉得里屋的门背后站着个鬼，吓得赶紧跑出去找隔壁赵婆婆。赵婆婆是芳芳的外婆，会讲鬼故事。说有一家人追打一只鬼，鬼就跑到水缸里，举着缸盖慢慢蹲下去躲起来，因为蹲快了水会响。她边说边站起来，拍拍身上的围裙，拿起她家水缸盖举到头顶，然后肃穆地蹲下去。

我直觉这是个妖艳的女鬼，穿着古时候的衣裙，比赵婆婆可年轻好看多了。“后来呢？”所有小孩都瞪大眼睛惊问。

“后来那家人就拿瓦片把那口缸敲得砰砰直响，鬼在里面藏不住，变成一道光飞出来，”赵婆婆顿了一下，“这鬼真机灵，你们猜猜看，她躲到哪儿去了？”

我知道那个答案是门背后。这是个讲过无数遍的故事，每一遍都把我们几个吓得不轻。

“赵婆婆，我家里屋门背后有个鬼，那门推一半就推不动了。”那天我赶过去，惊魂甫定地报告敌情。

“你看门缝了吗？门缝底下有没有水印子？”

当时只顾慌，我完全忘了这茬儿。故事里那女鬼湿淋淋地踮着脚躲在门背后，是水印子暴露了她的行迹。胆子大一点的人一低头，还能从门缝底下看到她的一双脚……然后那鬼瞬间化作一道青烟飞走。故事里的女鬼永远不死，老是和大家在躲猫猫，说不定今天就躲到我家来了。

“走，上你家看看去。”赵婆婆一手牵着我，一手牵着芳芳，直奔我家而来。

结果发现门背后立着的当然不是鬼，而是一捆甘蔗。甘蔗这样一种强直的东西，在我的生活里就这样和柔媚的鬼联系到了一起。

赵婆婆临走时叮嘱我说：“黑米记住了啊，鬼是没有身体的纸片人，你家的门不会推不开。”这个要命的赵婆婆，把我今后推门的风险放大再放大。

这就是我与一捆甘蔗最早的邂逅，从此我在心里管甘蔗叫鬼。

学龄前，还没有老弟，是五岁以前住外婆家平房的那些日子。甘蔗总是成垛地立在门背后，每一垛都比我壮，每一根都比我高，有的还高过门头。垛捆的脖颈和下脚处各有一道粗草圈绑着，免得它们散架、滑逸。甘蔗多的时候，会挤到门只能开一小半。我家人多，甘蔗每回都得成垛地买，才供得上。

申家两姐妹身手不凡，常常是走过来便从垛堆里抽甘蔗，一抽一个准，要知道从两个草圈中间抽甘蔗可是门技术活。这漂亮姐俩是我的表姐妹，趁着大人不在，姐姐会从厨房里取柴刀砍甘蔗，力气小，拦腰砍不断，就踩住下脚用力一扳，一根甘蔗立刻从被砍过的地方断成两截。再把这两截甘蔗在地上搭成十字，在上面这一截斜搭的落空处再下刀，如此这般，三下五除二，一根甘蔗眨眼就被改小成了四五段，每段一两节。妹妹先开吃，举着一段，从参差的断口处下嘴，咬住那皮顺势三撕两扯，就露出了中间能吃的蔗肉。这种奔放的吃法，表演的成分远大于享受，平时有大人帮削皮，不太有机会这么玩。只一会儿工夫，姐妹俩就满嘴滋上了甜蜜的蔗汁，脸上绽开了盈盈的笑，笑得那叫一个钢牙闪闪——多么健康而有能力的笑啊，边吃边笑，边笑边吃，心满意足。

甘蔗有什么好吃的？爱吃甘蔗的都是甘蔗鬼！我在心里说，脸上可能还藏不住，翻出一两次白眼。最喜欢看她们姐俩发现甘蔗生虫。甘蔗生虫看不见真的虫的样子，只在削开的白色蔗肉上纵生着一条红褐色的线，那线得削掉才能吃，但往往是越削越深，那线还在，那线往深里长。于是甘蔗越削越短，短到只剩下节疤，只好扔掉不吃——好个瞎折腾，我在心里说。

1974年我弟出生年份以前，个旧市面上卖过两种甘蔗，早先多见皮色绿白的，叫本地甘蔗；后来有了皮色红紫的，大人们管它叫台湾甘蔗。台湾甘蔗因为品种远道而来，备受追捧，还有个好听的名字叫水果甘蔗。水果甘蔗比本地甘蔗汁水多，肉色深，但也不见得比本地甘蔗甜。吃甘蔗还得分批次，赶上好的那拨，就甜，而且泡（念第一声）脆，连我这牙口软的都咬得断。但印象中多半还是铁硬的，就连好牙口的申家姐妹，吃到节疤处，也得靠小舅拿他的电工刀来招呼。小舅的电工刀是切割神器，能把甘蔗齐齐斩断，露出断面齐平的纤维颗粒头。小舅会用他的刀把一节削好的甘蔗纵向十字或米字形剖开，再非常耐心地一圈圈横向割出深印，然后用刀背一敲，水果糖般大小的甘蔗块就落到碗里，专给牙口不好的小小孩吃。

我不愿意承认自己牙口不好，我不爱吃甘蔗。别说让我去门背后抽甘蔗我无处下手，我就根本没这抽的动力。我是个没用的孩子，吃甘蔗嫌费嘴，坐公交车抢不着座位。大人递过一节甘蔗来说："黑米，给你吃蔗根，蔗根甜！"我无可无不可，蔗根、蔗梢对我来说都差不多。别人嚼出的甘蔗渣是净白的，干爽的，可以拿来扫地，扫完地地干净了，渣由白变灰了；我难得吃一回甘蔗，吐出的渣既不白也不干，不小心在上面踩两脚，还能踩出糖汁粘在地上，鞋底也沾上了，走哪儿粘哪儿。完了嘴还疼，口腔黏膜到处是被甘蔗纤维扎破的小点。

可是我爱看书。从小还不会走路我就看书，一个人坐在被子围成的棉花垛里，可以不吵不闹静静翻两小时的小人书。我发呆的时候，思绪会飘很远。那时没人知道这个只会看书的没用小孩的未来。当甘蔗粗粝地被连根拔起，以农产品原材料的形态来到我家，给我带来种种成长的烦恼时，我不知道当它长在农田里，站成甘蔗林，也会有旖旎的身段和妖娆的风姿。多年以后我果真去到过一大片甘蔗林，在广西桂平乡间，紫色的林带印着风穿过时蜿蜒的线条，顶端并不是光秃秃的，而是有密密的绿白色蔗叶标出柔美的天际线，它让人真诚地相信，蔗林上空一定飘的是美好的精灵，而不是吓人的鬼。如果说甘蔗林里真有什么鬼精灵，那就是一种叫竹叶青的蛇，据说会拟态伪装成一根甘蔗，直壁壁地挂在那儿，专等上当的青蛙和小虫。

在甘蔗还需要啃，公交车还需要男女老少穷凶极恶占座位的年代，有谁预见过还会有这样一个年代来临——直接有榨汁机供应蔗汁，公交车上会有人让座？很多事情都是中间过程，所谓大浪淘沙，就是对中间过程的全面省略。我们只要记住最初的美和最真的梦，然后出发，就够了。

2016年圣诞前夜

彩色普通话

云南方言隶属于北方语系，跟普通话咬字还是很接近的，有的地方口语里甚至还带有儿话音的影子，比如建水方言。但是毕竟和主流话语疏隔太久，派生出了许多枝枝蔓蔓的方言种类和相应的地方词汇，语气、语速的变化也比较多层次。学校虽然也提倡师生在课堂上说普通话，提倡归提倡，习惯的势力还是太强大，老师们多半各吹各打，各式乡音齐上阵，说什么话的都有，就是少有普通话。

老师都这样，学生就更不必说，以至普通话成了小范围比如语文课上的特定课堂语言，其表演性和戏剧性的一面得到了强化，实用性和生活性反倒被忽略，要是有谁下了课再拿捏这种“课堂腔”，会让人觉得可笑至极。认真推广普通话的青年教师和上进好学的学生也还是有的，但由于他们的实践被课堂局限，无法进入日常生活，还不能形成完善的语言环境，出现发音错误也往往得不到及时纠正，久而久之，要么将错就错，要么以讹传讹，发音就始终纯正不起来。

记得有个云南小女生，刚上小学一年级，立志要学好普通话，因为普通话那么好听，是天安门那儿的声音。她觉得自己只要学会了，就一定特别神气，就有机会去北京看天安门。小姑娘爱琢磨，她非常聪明地发现一个规律：普通话里发“e”音的一些字眼，当地方言里发的是“uo”音，所以当地人把“河流”念成“活流”，把“哥哥”念成“锅锅”，把“乐呵呵”念成“落豁豁”。半是下意识半是顺理成章，她认为“国”字应该念成“阁”，这才是标准的普通话。

于是，在接下来的各种场合中，无论是在班里朗读课文，还是在大街上念标语，或者是在家里写作业，小女生都一律高声念着：“中华人民共和阁（国）成立了……”“党和阁（国）家杰出的政治家、外交家……”“祖阁（国）啊，母亲……”洋相整整出了三年，三年里，凡是听到的老师、同学和家长，没有一个人向她指出过这个读音错误，可能大家都不太敏感；也可能，需要纠正的错误太多，相比之下，这个错误太模棱两可。倒是小姑娘自己，常常替老师、同学们干着急：“他们怎么回事呵，连‘阁（国）’字都念不准!”直到三年级的某一天，她忽然发现《新华字典》第166页明明写着“国，g-u-o，guo”。“不会吧……难道是字典弄错了？！”红潮从脖子根一阵阵涨到脸上来，没谁知道这里刚刚完成了一场超强震撼的自我校正。

这个傻瓜就是我。

方言词汇的侵蚀，确实不同程度地破坏了普通话的正宗和标准，有了广播电视的普遍参照以后，云南人反而受了打击似的集体丧气起来。和原来不同的就是更听得出别人的发音错误了，于是发音错误的人就会在一通哄闹中被讥嘲为“彩色普通话”，这样一来，犯错误的人和看着别人犯错误的人为了少犯错误或不犯错误，开口说普通话的时候更少了。云南人是完美主义者，羞耻心很重。

这一点真是很奇怪，同样地处西南边陲，南宁的普通话普及程度简直令人惊讶，走在南宁的大街小巷，你可以听见各种各样的“南普”，有的混着粤语，有的夹着壮话，有的含着桂柳方言，全都充满自信地四处飘飞：“喂，吃饭了没有喂？”“这样子不得的啵！”“有没有搞错啊？”等等，一派欣欣向荣的开放景象，开放得都有点不知所云了。

2009年7月

鸡毛信

鸡毛信，来源于古代的“羽檄”，就是需要速递的军书，上面插鸟羽，表示要求这封信递送得要像飞鸟那样快。最早的檄是木简，最早的鸟羽，不知来自哪一种鸟类的羽毛。

当然不可能是长着爬行动物牙口的始祖鸟——有始祖鸟的年代，人类还在亿万年后的轮回里沉睡；等到人类文明史终于翻开篇章，只见那时人烟稀少，非常适于鸟类栖息繁衍，于是大地上疏疏朗朗，如此这般地撒落着朱雀、苍鹰、白鹭、黄鹂等等各色羽毛，别说信手拈来几枚粘羽檄，就是想收一大堆来织件霓裳羽衣，想必也绰绰有余。再说古代将士那么孔武有力，征途上一番张弓搭箭，纷纷射落平沙雁，于是羽檄之羽变成雁翎，就是再自然不过的事……

这么一想象，古人在今人眼里真是活得无比浪漫，有着别样的奢侈灿烂，只可惜人家当时根本意识不到这些个现代人脑子里才有的花头。据史书记载，羽檄真正下凡变成“鸡毛信”，始于太平天国时期，那时军中盛传曾国藩是神蟒转世，性畏鸡毛，所以军书上贴鸡毛，以防万一不慎落入敌手，曾氏便不敢手拆。这不由得令人想起义和团时期，团员们将大粪涂抹在身，就以为可以百毒不侵、刀枪不入……太平天国的鸡毛信，与义和团的臭大粪，精神上有着某种惊人的相似度。

其实，能证明太平天国草莽出身的铁证，倒不是鸡毛信本身，而是他们竟然如此迷信无稽之谈，真以为用几根鸡毛就可以吓退曾国藩率领的湘军。撇开这一节不说，历朝历代最为近便、趁手的鸟羽，还真就是鸡毛。英国人 H.G. 威尔斯在其《文明的故事》一书中举证：鸡们早在公元前一千年前，就从印度原始森林中的一种飞鸟，被驯化成了人类的家禽。什么叫家禽，就是无限普及，家家都养的东西。那么大地上飞鸟再多，总也多不过家家户户鸡笼里都在繁殖的禽吧？所以我坚信，一地鸡毛的事自古就有，羽檄就是鸡毛信，这个论断十拿九稳站得住脚！更何况，到了抗日战争时期的华北地区，国共两党都普遍使用鸡毛信，以至鸡毛信就像新中国成立后我军的压缩饼干一样，受欢迎程度之高，足以从军中流行到了民间，也就是从十万火急的军书，变成了老百姓的 EMS——哪怕用它来唠个嗑呢，也挺好使。比如张大娘想跟邻村的王大婶说，明儿收秋了你到俺家来尝尝地里种的老玉米吧，就请村头代写家信的先生这么写好了，回家一转念，又从自家老母鸡身上顺手扯下两根毛，粘成了一封鸡毛信；王大婶呢，给她在民兵营服役的老弟王贵绗了件坎肩儿，想让他开春来取，也学张大娘的样，到鸡窝郑重其事地捡了毛，做成鸡毛信——又不是情书，你以为非插一根孔雀翎？

小时候在云南个旧，迷过一本叫《鸡毛信》的小人书，那里面有个抗日小英雄叫海娃，他有一棵神秘的“消息树”，平时跟别的树一样立在那里，敌人来了却可以马上放倒，传递信号；他还有一只大尾巴里可以藏东西的领头羊；当然，最最让人羡慕的，是他有一封真正的鸡毛信。那时在冀中平原，人们遵循着这样一种寄信习惯：信上如果没有鸡毛，就表示是平信；插一根鸡毛，表示“急”；插两根鸡毛，表示“特急”；插三根鸡毛，就表示“十万火急”。海娃那封鸡毛信，插的就是三根鸡毛。这海娃在给八路军送信路上不幸遇到了一队鬼子，情急之中，他把鸡毛信藏到了头羊的大尾巴后——当时真为海娃捏把汗呵，除了担心那羊尾巴甩来甩去，会不会把信掉出来，还担心尾巴后面臭臭的便便，会不会把信弄脏……后来鬼子开始大肆吃羊，在农家小院里四仰八叉，吃得满嘴流油、满地羊骨头，又让人开始担心，马上就会吃到那只领头羊……这故事有个幸福透顶的结局：当海娃历尽艰险把信送到了八路军驻地，这孩子忽然昏了过去，然后就在他昏过去的这段时间里，八路军利用他传递的消息打了个大胜仗。再然后，他在暖炕上醒来，身边都是糖果，还有八路军连长赞许的微笑。那时觉得海娃昏得真是时候呵，在干了一票大事以后，又适时体现了自己的辛劳，而且一觉醒来，一个孩子能有的好梦几乎全都实现了，真为他感到欣慰！

这本小人书是我问邻居李小革借的，翻开来只见扉页上用铅笔一笔一画赫然写着：

有借有还，

再借不难。

借了不还，

再借就难。

难上加难！

我不知道李小革他写的是什么，就让大人念给我听。这些话听上去是如此铿锵有力，一句赶着一句，直敲人的心窝。我自己的小人书上就没写这些话，由此看来，上小学三年级的李小革虽然是男生，可比上学前班的小女生黑米精明多了。我不得不认真考虑，要在自己小人书上也描上这些话，尤其最后一句，一定要记得重重地也加上一个惊叹号。

再长大一些，小学三四年级，开始玩一个叫“鸡毛信”的游戏。这游戏只要两个人或两人以上的双数就可以玩。游戏开始，大伙先是一起抓阄儿，抓到的人分成两队，纸条上分别写有“鸡毛信”和“搜查员”。抓到“鸡毛信”的，就把这张写有“鸡毛信”的纸条尽量叠小，藏到自己身上，注意，只许藏身上，不许藏别的地方，不能把鸡毛信变成身外之物；抓到“搜查员”的，等对方把鸡毛信藏好了，就可以行使搜查员的权力，注意，对方藏信的时候，自己不许偷看。

像我这样的小孩，只会把鸡毛信藏到衣兜里、鞋子里，最多就是袜子松紧口贴脚踝的地方。梳着两根麻花辫的常丽姐姐就不一样，她藏得很有想象力。有一次，她把鸡毛信叠成尖尖细细一小截，有半根火柴棍那么大，偷偷插到她左边麻花辫绑橡皮筋的那段头发芯里。如果不是最后李小革眼尖，看见了麻花辫里探出的小白点，我们大伙找了半天，竟是什么也没找着。还有一次，常丽的鸡毛信藏到了一个我们无论如何也想不到的地方：她灯芯绒外套的下沿包边上磨出了一个小洞，她就把鸡毛信搓成小团，掖到了那个破衣洞里。最后大家找不着只好认了输。她自己揭秘的那一刻，天知道我有多羡慕她呵，真希望自己没穿多长时间的新衣服也能像她那样，多几个磨破的小洞就好了。

等到我们都学会了她藏鸡毛信的地方，常丽每每又会发掘出新的藏匿地点，每次都给大伙带来惊羡。我在心里说，等我长大了，才能像常丽姐姐那样吧，她手多巧呵，可以从中间纵着把她自己的一根头发慢慢撕成两根，没事时就绷上绣花绷子，在那儿绣花。妈妈不许我学常丽用两根夹头发的钢丝小发夹做成十字裹自己的刘海，虽然那样一来，前面头发帘会变得卷卷的，显得很洋气。妈妈还说，常丽是个大姑娘了，都可以开始准备她自己的嫁妆了，而我还小呢，最重要的是学好自己的功课。

2010年5月

抖　草

我有一方闲章，叫作“抖草河西”，这里面的意思，从句式和气概上，有点貌似“饮马江南”。饮马江南，就是在江南饮马，那么抖草河西，自然就是在河西抖草了，两句都省略了主语。不像河东狮吼，河西草抖这句（后半句是我附会的，吼到草抖也是本事呵），都知道是谁在吼，又是谁在抖。扯远了，跟河东狮吼没啥关系，抖草是句云南话，外省人可能不曾听说，我来跟大伙说道说道。

抖草，很神气，神气得不行的意思。见过狗打架吗？那获胜的一方从原先倒伏的乱战状态翻身而起，头一晃脖子一摇……其实那个动作不是晃和摇，而是比晃和摇频率更高的抖；也不是颤抖，而是抖擞。这时候，如果这只狗正好是只狮子狗，头颈部位的毛比较多、比较厚，表现力就会特别强，那么你将看到，它这么一抖，会抖出蒙蒙的尘沙，抖落鏖战过程中粘满一头的乱草。至此，“抖草”二字横空出世，特别传神，颇有胜者的优越感。所以，说得直观点，抖草既是展示，又是摆姿势；说得刻薄点，就是炫耀、卖弄、招摇、飘飘然；说得时髦点，就一个字：秀，而且是带点自鸣得意的秀。

我的代表性抖草事件，一言以蔽之，就是“开新车，打酱油”，人又住在滴江西岸，所以就成了“抖草河西”。其实像开新车打酱油这种糗事，很多新晋车主都干过，有共性没个性，表示开车有瘾，人车难离。等到开车久了，车也旧了，还打酱油呢，就是上山打老虎都恨不得有人代驾，做司机多累呵，做乘客多舒服呵。至于打酱油，真理朴素而永恒——还是步行好，老开车不活动，身体早晚吃不消。

抖草当然不只关乎开车，它跟所有炫耀、显摆都有关。在云南，你可以笑话隔壁小勇“穿件皮衣就出来抖草”，那意思绝不是说小勇真的出来抖动他的皮草，而是说，小勇他这人太喜欢穷显摆，有件皮衣穿穿就不得了了，穿皮衣衫露胸膛。也就是说，“抖草”是个动宾词组，常做谓语，表明其主体到处招摇、卖弄的状态。比如，螳螂说，我有双刀；刺猬说，我浑身都是暗器；这时天牛边晃触角边说：“你们两个抖什么草？瞧我的。”边说边唱：“我有双节棍双节棍！哼哼哈嘿！”说到这里您大致就能明白，我的“抖草河西”算啥，西太平洋大学毕业简称“西毕生”的唐骏，混得那叫一个“抖草中国”！

在云南话的语境里，抖草有笑话人因喜欢炫耀而出尽洋相的一面，比如上面提到的这位唐同学，原本在微软中国好好待着，混个相当于销售经理的职位，挣的银子足够回去自个儿一边数一边偷着乐，已经很不错。但人家不满足于这份安稳平淡的白领生活，偏要跑出来满世界唱高调，又是写书又是演讲，把自个儿生生包装成万众瞩目之成功人士兼加州理工大学博士，把民众当小菜涮，结果被打假人士方舟子逼出一张美国野鸡大学的文凭，当众现了眼。话说，出来混总是要还的，只是没想到，还得这么快，这么轻易——瞧唐某这草抖的，抖着抖着就以为把大伙抖花了眼，顺带着以为把他自个儿抖成了一朵花，却不料这就被打回原形——原来仍然还是一棵草。

然而抖草又不完全是一个贬义词，云南人也会用它去形容自己调皮的孩子、另类的朋友，有点假嗔佯怪，实为怜惜的意思。在这种语境里，被形容的一方一定不会把抖草这个行为当成手段去牟取暴利，而只是玩酷耍帅似的纯抖，好比狮子王孤崖独吼，人家要的就是那独一无二的范儿。就像鄙人在小不懂事的小学三年级时光，一次老师说："黑米，全班就你一人把这张卷子做了个满分，所以你可以提前下课，其他人留下，上辅导课！"这时的我，心里的那点小虚荣瞬间羽化，飞升成轻盈的泡泡，它们包围并驾驭着我，本来轻飘飘经过老师讲台就可以径直飘出教室门，却偏要中间停下，一头钻到黑板脚，捞出一只原本八百年都不会去碰的篮球……然后，一路砰砰拍着……步出教室。作孽呵，老天居然没让这个抖草货把球拍到自己脚尖上。

其实拍到脚尖上才好呢，也好警醒一下当时的年少轻狂。抖草一般都是以出洋相来收场的，只是洋相的程度不同而已。北方有个词跟它有点像，叫"嘚瑟"，要是你听那边的人说"你嘚瑟个啥"，意思就是你别太得意，多留点神。我用"抖草河西"这方闲章提醒自己：悠着活，人生自古曲折多。

2010年7月

菌　子

即便是在食物最为匮乏的年代，云南人的饭桌上也不缺少品种极多的各色菌子，即鲜蘑菇。其滋味的鲜美，完全可以替代肉类。所以有些人家的男人见了这一口便连命也不要，一定要拿它佐上两口小酒来喝。

那是真正的野生山蘑菇，由当地老百姓上山采摘下来，在集市里摆卖。他们当中许多人是彝族同胞，女的戴着自制的围腰，顶着头帕，那围腰不管有多旧，都绣着五彩的花，头帕上还缀着珠子和流苏。男的打扮没那么多装饰，接近汉人。他们都背背篓，那背篓是竹篾编的，口子比较阔，下面有个稍细的腰身。山上摘到的蘑菇装在背篓里，背篓顶在头上，或者斜背在身旁。不是浴女顶水罐那种顶，是把穿起背篓的那根带子，勒在头正中，所以带子要足够宽，如果是棕毛做的就更好，够软。我上小学时从父母那儿得到过一只小背篓，就是彝式的，细白的竹篾编出深浅花纹，宽宽的一根带子，我曾经顶着它，演练过上山积肥。

其实吃蘑菇有如开车，喝酒都是禁忌。因为蘑菇或多或少有点毒素，这毒素会被酒精放大，原先能承受的剂量，也许一放大，就不能承受了，也有可能经过酒精放大的毒素，依然在身体能承受的范围以内。烹饪菌子的过程如果细说，外地人会觉得复杂得有点类似于巫术，还非得有位土生土长的巧主妇掌勺不可。否则，让你吃了以后说坐小火车，你就坐不了大火车，说看小人人，你满眼就真是小人人。上面说的小火车和小人人，都是因食用菌加工不当，食后中毒而引起的幻觉。这使得云南人吃菌子的活动具备了某种神秘的仪式感，外地人非身临其境而无法了解体会。

我们那儿的菌子有很多品种，光是牛肝菌就有黑牛肝、黄牛肝和白牛肝，黄牛肝最受欢迎，黑牛肝其次，白牛肝再往后排。这是当地人的排法，在吃不到野生鲜蘑菇的地方，即便是白牛肝，也美味无比。牛肝菌菌形经典，菌帽口感脆嫩，菌脚香甜，现在普及得连未必能吃到真品的外地人都认它的账。还有一种叫“见手青”的，就比较鲜为外地人知道了，轮廓有点像牛肝菌，但一遇人手触拿，菌身就变青黑。这个炒出来比牛肝菌多汁，也很香滑，吃腻牛肝菌，吃它别有风味。鸡纵是野生菌之王，外地人现在或许对它也有听说，但真要有这个口福，还得到云南去才能领会。再说一种干巴菌，这个的原生状态是沾满泥土和松针的菌块而不是菌朵，所以吃它就是吃“功夫菜”，得由能干的主妇一丁点一丁点撇开草和泥，细细撕下，淘洗干净，和蒜蓉、青椒一起炒，炒出来那个香脆啊，好像本身都能滋出油来。

菌子买回来，通常一朵又一朵，完整齐全，菌脚还带着泥。

洗菌子是有讲究的，既要把菌脚上的红泥（红土高原嘛，真是红泥）、菌帽上的草丝仔细清洗下来，又不能洗坏娇嫩的菌子。我妈每次买回菌子，还没进家，在窗下就会先招呼我："黑米，去摘片瓜叶来！"我就会一边答应着，一边喜滋滋飞奔出去，在楼梯上和妈迎头遇上，一看，她手里果然拎着今晚的好菜呢！我去的地方也不远，出了单位宿舍大院，走不了几步就到对面山脚，那儿有相熟人家种南瓜的菜地。选长相周正硬朗的扯上两三披，带回来，将每披团成一团，那上面有成片的软硬适度的小绒毛，就是洗菌子的上好工具。

现在全国各地四处普及的野山菌类菜肴、火锅，说起来都是小儿科。为了能长期"保鲜"和远道运输，这些所谓的"鲜野山菌"其实已经经过脱鲜处理，不是干蒸过，就是用药水浸泡过，早就失却了本味，顶多也就相当于"菌子标本"吧。不过，对于从来无缘吃上鲜蘑菇的人们来说，能吃到"菌子标本"，也算慰情聊胜于无了。据说在法国，汉堡包里多加一片蘑菇，要多付一法郎的银子呢，那片蘑菇，估计是"标本"的可能性也比较大。

2009年6月

小火车

“云南十八怪”里有一怪，叫作“汽车比火车快”，说的确实是真事。云南的铁路是分级的，当地人的分法是“小火车”“中火车”和“大火车”。其中只有大火车是能与全国接轨的统一型号；中火车窄一些，叫“米轨”；小火车最窄，叫“寸轨”，轨宽大概是大火车的一半都不到，人坐在里面，座位是面对面设计的两排，背靠两边车厢壁，横贯整个车厢，就像今天的地铁。“汽车比火车快”指的就是这种“寸轨”铁路。

据说有男乘客乘坐这种火车，跳下来到路边上个小号，再爬上去都来得及。有笑话说三寸金莲的小老太，坐火车去县城卖簸箕，途中簸箕被风吹落路边，小老太跳下正在喘着气爬坡的火车捡回簸箕，还能迈着碎步赶上火车。前面提到吃菌子中毒后产生幻觉，像坐“小火车”，也是指的这一种。

窄轨铁路是殖民时代的产物，在锡都个旧显得尤其突出。当年法国人为开采云南丰饶的资源，特意修建了滇越铁路。铁路建成以后，原先抱着“阻洋阻路”姿态的中国民族资本阶层，发现铁路交通原来如此方便，于是历史上第一次，由工商界和政府共同投资，修建了个碧石（个旧—碧色寨—石屏）铁路，在碧色寨与滇越铁路联结起来，形成滇南铁路网。该铁路网建成以前，从个旧往外运锡是很不方便的，得先由马帮拉到蒙自，再拉到曼耗，然后装运上船顺红河运往越南。据说鼎盛期，来回穿梭的马帮浩浩荡荡，一年达到三十万匹（次）。铁路建成后，曼耗立刻衰落，锡可以直接从个旧运到碧色寨，再从碧色寨沿滇越铁路向南穿越国境，最后抵达越南海防，由海防装上船，运往里昂。

当年法国人为了修滇越铁路，费了不少心思。一位名叫弗朗索瓦（中文名叫方舒雅）的法国驻昆明外交官，带领几个铁路工程师，从河内一路勘探到昆明，准备沿玉溪、通海、建水修铁路，但遭到当地乡民的激烈反对，他们以火车要穿越祖坟为由，联名上书阻洋阻路，甚至进行武力抵抗。方舒雅见状只好作罢，将路线绕行相对荒芜的东侧，顺南盘江和南溪河到越南。铁路路线的改变，同时改变了许多城镇的命运。在铁路通车前，蒙自因其地理位置靠近南溪河，是大锡、大烟和境外货物的集散地，商贸活动极其热闹，连当时云南省的海关都设在这里，被称为“云南第一县”，城里法国洋房、希腊酒吧、广东茶馆、江浙会馆比比皆是，昆明人还在打油纸伞呢，时髦的蒙自女子已经打起了法国阳伞。那时候的蒙自女子得风气之先，是全省最洋派的。

但因为铁路不能从蒙自县城通过，只能在城外十余里的小寨子停靠，县城一下便萧条了，而那个被当地人称作“壁虱（方言发音近似‘碧色’，一种臭虫）寨”的小寨子碧色寨，顿时繁荣起来，成为周边各省商人麇集的地方，也成为周边各县城劳力打工的好去处，红河、石屏、文山的青壮年，纷纷前来当搬运工。这条铁路1910年通车，通车时四周百姓结队围观，原先在省城见过汽车的，都躲得很远，生怕火车这庞然大物开动起来，像汽车一样横冲直撞；只见过牛车马车的，反而胆子大，都挤到跟前看。正所谓无知者无畏，甚而至于，有人抱来大堆草料，给火车头喂“食”。

火车此后运行了三十年，1940年日寇从越南来犯，国民党军队为御敌于国门之外，炸毁了河口境内一百多公里的铁轨，车站和洋行的法国人也全部逃走了。而随着铁路的荒废，碧色寨仿佛做了一场碧色的春梦，梦醒后又成了个闭塞的小寨子。这条铁路通车五十六年后，到1966年，昆明到贵阳的铁路才修通，所以云南十八怪里还有一怪叫“火车不通国内通国外”。

个旧的火车站，从售票厅、候车室的门脸到整个月台，连同一些铁路员工的宿舍，是清一色的法式建筑。二十世纪九十年代以前还能看出个八九不离十，这些年搞城市规划建设，小火车因为没什么客源和货运价值，早已停运，车站也已经废弃，成片的法式洋房是看不到了，留了一幢主楼，里面开了一间叫作“法国楼”的餐厅。残剩的铁轨依稀嵌在水泥地里，成了招租平面商场的地面。小时候我去亲戚家串门，他家按出身是铁路工人阶级，住的却是独门法式别墅。我在那儿看到地上有上好的花砖，还有一种木制红漆的条纹内窗，能变幻光线，纳凉，隔音，铁路边吵闹的火车汽笛声，让它一过滤，分贝降至可忍受范围，这就是地道的法式百叶窗了。

小火车速度虽慢，以游山逛景的心态去乘坐刚刚好，况且还有内涵丰富的近代史背景。这条从个旧到鸡街的非常有特点的线路，不开发成旅游专线，实在可惜啊。要知道，个旧的锡山目前已经差不多采空了，而当地的气候又出奇地好，有“东方小日内瓦”之称，何不顺应全球环保大趋势，来一个漂亮的转型？也许昔日的矿山，真的会成为前景不可限量的未来避暑胜地。

二十世纪八十年代的《中国青年》上有文章描述个旧这座城市：铁轨的一端向城外延伸，另一端却通向一堵墙——一条铁路被一堵墙终结，墙的背后再也没有铁轨，只有喧闹的市声——这的确是云南一些小铁轨线路终端城市的特色景观，这戛然而止的终结甚至以一种神秘的气息影响了这些城市的生活节奏和发展理由，终结的原因固然是复杂的，除了我曾列数的地理因素，还有边地微妙的外交形势（比如中越关系），因为有时候，墙也可以是无形的。

从火车站出发的列车，有几百米路线紧邻个旧湖（又叫金湖），即便在从前正常通车的年代，也会有零星的行人为抄近路借道火车站，沿着铁路的路基，在湖边行走。我印象中最早的全家福，就是在个旧湖边的铁路旁拍的，那是由当年时兴的120相机拍下的正方形黑白照片，背景是蜿蜒的铁轨伸向未知而广阔的远方。那次全家七八口人，四姨刚旅行结婚回来，马上要离开个旧到昆明安家，外公、外婆是一家之主，身姿挺拔，构成照片上吸引眼球的制高点。他们是早年由于战乱流亡西南，然后又留下来投身当地建设的外省知识分子，外公是云锡公司会计师，外婆曾是云锡公司协理吕冕南的秘书，老两口早就被“打倒”了，又顽强地站了起来。这是个与外界有着千丝万缕联系和牵念的家庭。七十年代下半叶，个旧尚未开发完毕，公园很少不说，到处都是野地。所以邻湖的铁路边，成了全家余暇时爱来的地方，这里视野相对开阔，空气也好，仿佛跟湖畔的清风一同吹送的，还有从铁路延伸出去的方向传回来的远方的气息，以及这个家庭对于未来的朦胧希望。

2010年8月

练嘴劲儿

云南话里有一句叫“练嘴劲儿”，我没写错，是练嘴劲儿而不是练腿劲儿。“儿”字不是我凭空加的，云南话里的儿化音表达相当常见，比如把“点”说成“点儿”，把“一双筷”说成“一双筷儿”，例子很多，不一而足。这也是云南方言隶属于北方语系的一个明证。

说某人练嘴劲儿，并不是表扬他有口才，而是说他喜欢耍嘴皮子。哪怕有人把嘴劲儿练得再好，照样还是会被云南人很不屑地说：“这人就是练嘴劲儿得力，没什么真本事。”可见“练嘴劲儿”在云南真不是什么好词，一般用来讥讽人的表面功夫、花拳绣腿。比如，如果把一个伶牙俐齿得理不饶人的桂林仔和一个一不高兴二话不说拳头就招呼上来的柳州青工放在一起，云南人也许会说：“还是柳州人板扎（厉害），桂林人只会练嘴劲儿！”

能言善道的人在云南似乎不太招人待见。在这个传统的移民大省，历史上因屯垦戍边、躲避战乱以至发配充军等各式理由来到云南的人们，需要面对的是大自然的千古蛮荒、瘴疠之气，不时还要应对野兽毒虫的侵扰，于是拓荒者脚踏实地的实干精神就显得无比重要，因而也就备受推崇，作为移民血液中沉淀下来的遗传密码，一代又一代传承下来。我生长的工矿业城市个旧一度洋溢着“学好数理化，走遍天下也不怕”的浓郁气息，大概也是实干、实际兼实用精神的一种沿承。高二文理分科的时候，各科成绩均很不错的我，被朦胧的直觉牵着，就想学文。这在当时当地，学文跟练嘴劲儿的距离似乎并不遥远。这个决定既超越了我家人的想象，也与整个城市的氛围有点格格不入。在我面前一声叹息的长辈一定不止一个，因为我已经记不清楚他们谁是谁。叹息的内容不外乎一句话：“成绩这么好，怎么就学了文？”替我很不值。其实同样性质的叹息我早已提前领教，并自然拥有了免疫力——上初中时，有大人在我面前叹道：“眼睛这么大，怎么就戴了眼镜？”懒得说他们，逻辑真够乱的。

其实越是发达国家发达地区，靠口才吃饭的人就越多，美国国会里的议员许多都是律师出身，要没那张嘴皮子，哪里坐得到那个位子？这就叫“常在江湖漂，哪能不带刀”。在中国，这事走到另一个极端，就有了“京油子，卫嘴子”一说，意思是这两地儿专出耍嘴皮子的人。京城皇城根下从来都不缺满口京片子、拎着鸟笼子的老油条，是谓“京油子”；至于“卫嘴子”，卫就是天津卫，天津城里一帮说相声的，那是相当地有名。

北京、天津说完了，上海是不能漏掉的。上海人多，人跟人打交道的机会就更多，没点能说会道的沟通能力，那就要处处碰壁。也只有在上海，像周立波这样的人物才能处处出风头，周周立波秀。秀来秀去，还秀出个小达人，一年级小学生张冯喜，成了周立波的小徒弟，师徒俩的看家本领“海派清口”受都市市民欢迎自不待言，两人有个共同点，就是嘴巴小而薄——原来嘴巴还真像刀子，真会越磨越薄。

我把自己上海友人一圈看过去，竟也多的是小嘴巴，想必小嘴巴在上海占了极高的比例。难怪张爱玲难得看到一个厚嘴唇的人，就禁不住想要恶作剧一番“切切做一盘”。我想上海人的嘴型跟上海话有很大关系，上海话语速快，字赶着字，从舌尖轻弹而出，基本都需要把嘴噘起来才来得及说，不然就像急行军，战线拉得太长，一旦忽然需要急转弯往回撤的时候，会弄个措手不及，人仰马翻。就这么着，噘的时间一长，也就定了型，干脆都变小嘴时刻准备着好了。上海人的嘴像桂花，十字花科的。忽然很好奇，不知孙俪说上海话的时候，会是什么光景。

2010年10月

皮　旦

皮旦不是皮蛋，我没写错，皮旦是旦角。在云南，改革开放之初，这曾经是一个关乎名节的词。云南小姑娘成长过程里，可以没吃过皮蛋，不可以被叫作皮旦。

皮旦，从字面上看，很皮的旦角，皮有调皮、顽皮之意，也谐“痞”音，这是我的解释。若往俗里说，皮旦就是女流氓、女阿飞、烂妹子，诸如此类的角色。

我的视野里，皮旦还真不少。

皮旦甲，小学一年级一入校就被编到了末班，说明她家长在本地没背景、没关系，连孩子分班这种今天所说的起跑线上的事，也开不了后门。后来听说她父母都不是当地人，从外省过来的。末班就末班吧，她是末班里长得最好看的，她的脸模子跟本地人不太一样。她长了张适合嗑瓜子的小嘴，脸上的喜兴和性格里的热闹，大概来源于对家中大人麻将桌上表情做派的过早习染。她身边不缺伙伴，有当小头目的天赋。她个子蹿得很快，全年级第一个烫头发。被老师批评以后，又不可能立刻去剃个光头，只好把烫过的头发编起来，编成两根小翘辫，辫梢仍然是藏不住的卷，还墨一样黑。她好像经常被老师批评。我的班级和她隔得比较远，关于她的信息，不是好像，就是依稀。她四年级就退学了。她其实是个长得还算洋气的女孩子。关于她退学的传说，我只听到一句："阿甲废了，成个小皮旦去了。"N年以后得知，阿甲当年结交了社会上的人，是怀上孕退的学。

皮旦乙，我心目中的体育生，尽管小学阶段还没有体育生之说。除了体育好，好得不得了，她其他各门功课简直一无是处，属于被老师无奈归为朽木不可雕的一类。她家境比阿甲还要差，差远了，阿甲是外来户，阿乙是街上的人，我们那时习惯于五十步笑百步地管街上的人叫"居民"，这个"居民"仔细分析起来，在当时语境下应该是小市民的意思，跟后来人手必备一张"居民身份证"上的"居民"可不一样。街上的人身上有股子老宅子里的腐气，加上多半跟老人一起生活，很长时间才能洗上次把澡，脖子和耳根处经常能看出垢腻。阿乙满口四环素牙，这在那个年代并不稀奇，只是她门牙中间有道显著的缝。她天性热情，喜欢参与讨论，抢着发言说不上几句，脸孔就涨得通红，眼睛同时迸出精光。她绝不羞怯腼腆，相反，她惯于发出粗俗的叹词，每每用那些学校里的女学生不太熟悉的词汇大呼小叫的时候，唾沫星子就会从门牙中缝处飞溅而出……她跑得像飞一样快，身体像一张充满弹力的弓；永远的短发；终年半穿半趿，总是一双失色的脏球鞋。她没能考上市里的重点中学，后来的结局，据说是做了皮旦。

皮旦，仿佛神秘的另册，深不可测，不知所终。所以皮旦之于我，一度是个会突然塌陷、垮掉的概念。那个被叫作小皮旦的人，会突然从大伙的视野里消失，不是早早退学，就是成绩很烂升不了班。总之是个会中途掉队的人。我甚至在暗中一遍遍告诫过自己：千万不能变成小皮旦哦——那与其说是对皮旦的不齿，不如说是对掉队的恐惧。

不记得从哪一天开始，皮旦这个词成了某种穿衣打扮的派头。有一种坤包的款式，被当地人言之凿凿叫作“旦包”，女人们嘴上鄙夷，私底下却趋之若鹜，纷纷托关系，从上海、广州远道捎回来，装作满不在乎挎上身，满大街去晃。父亲当年下乡的村子，有几个喜欢赶时髦的村姑，城里女孩流行剪“运动头”，便剪运动头，城里流行穿小裤脚，便穿小裤脚，其他跟别人别无二致，照样扛锄头下地干活，即便这样，她们几个也被村里人戏谑为“土皮旦”。曾经一度，应该是小学三年级以前，我在街上只要见到把里面穿的艳色秋裤裤脚露了一截在外面的姐姐，就会跟家里人悄悄指认：“那是个小皮旦！”不知道当中的逻辑从何而来，可能多半还是对街上某种着装方式的敏锐感知，但牵扯到皮旦二字身上，就有点道德指控的意味在里面了。如此不讲道理的贴标签思维方式，幸好被父亲当场喝止：“小姑娘家不要乱说话，裤脚长点短点，就能证明一个人品质的好坏了？”父亲长年在野外工作，偶尔回来，点到为止，并没有荒疏对孩子的管教。

跟皮旦对应的词叫作“火枪”。小火枪即小流氓、小混混。时代列车那会刚刚驶出黑暗隧道，在隧道里的那段时光，两个人即使拍个拖打个啵儿，名字也有可能被画上红叉叉，人被拖去练打靶。而到了二十世纪七十年代末八十年代初，人性的拘束没那么苛严了，街上忽然多了一批无业而游荡的年轻人，每每成群结队，喇叭裤，大背头，手里叼根烟卷，呼呼喝喝互相邀约着："走，钓旦克（克，当地方言，去）！"一边说，手里的烟卷一边在暮色里划出一道火星。这便是地道的火枪做派了。云南虽是少数民族比较多的省份，市里还是汉族占多数，没办法，咱汉族又不兴唱山歌，春情勃发的年纪情何以堪？不如钓旦！钓旦就是追姑娘，把姑娘当鱼钓的意思，良家女子不容易上钩，只有小皮旦解风情，或者说，即便是良家女子，只要搭理了这伙，也就沾染了风情，自动变成小皮旦了。所以，钓姑娘也就顺理成章变成了钓旦。有一阵我家住得当街，我在楼上窗口做作业，听见楼下一伙人高喊着："钓旦，钓旦，坚决钓旦！"呼啸而过。当时只听得心惊，现在想来，倒是蛮有喜感。

随着青春期的到来，同学圈里但凡做下离经叛道的事，就会跟皮旦、火枪扯上关系。有一年夏天，年级里一伙正值青春少艾的姑娘小伙，背着老师，坐上家乡的小火车，摇摇晃晃、漫无目的驶向远方……这个驶向远方的过程虽然不长，也就一天半天，却成了校方后来严厉惩戒的不伦事件，理由是，这伙人一路上男男女女混在一起，轮着抽一根烟、赛着骂粗口，还弄了台双卡录音机听"老皮旦"邓丽君唱的靡靡之音……每个年轻人都需要一次成人礼，只是有人选择登上这列叛逆火车，有人虽然没上车，却仍然要被青春选择，各有各的了断。这个时期，对皮旦二字不再抵触，甚至有了一点悄悄的向往。

刀妹的成人事件是传说中的偷足球。女孩子家家，不偷别的，跑到体育器材室去偷一枚足球，这罪名怎么听怎么都觉得荒诞不经。什么叫偷？老师不在，临时又想玩两脚球，擅自借出来玩一阵子，就成了偷……学校还真煞有介事地做出了处罚。这处罚像一道嶙峋的分水岭，把小女孩的年少轻狂幸福时光一隔隔到了彼岸。刀妹这粒母校眼中的沙子，用多年的磨砺，把自己硬生生磨成了一把刀，人生漫漫，一刀相伴，竟是啥也不知道怕了。她后来考上大学，离开家乡。多年以后去国，真的到了彼岸，在远方相夫教子，小日子过得很美满。

我俩在网上聊天，她自嘲“铁杆皮旦”，而我说：“一旦成名，万物花开。”

2011年12月

苍耳子

苍耳子，苍耳的籽实，是中药房小抽屉上签着的一味药。儿时在老家，你说“苍耳子”未必有人知道是什么东西，若能出示实物，立刻会有人恍然大悟：“我当是什么，原来是粘粘果（念第二声）。”

粘粘果，一头尖、一头略圆的小纺锤形果实，长不过两厘米，绿色带毛刺，不湿而粘。妙就妙在这“不湿而粘”，令它变成孩童们钟爱的整蛊神器。我们那时喜欢到野地里去采撷——那时城里野地还真不少呵，不是宿舍区的院墙边，就是废弃的工地，再或者，城市缝隙里还没消失殆尽的菜地。学名苍耳子的粘粘果，实在是很贱的植物，凡有野地的地方它就不管不顾地长，植株有小人的半人来高。采下来，一粒粒团在手里玩，还可以拿去冒充毛毛虫，吓唬更小的小孩。最有趣的玩法当然不是这个，粘粘果最有趣的玩法，堪比古人的道具青梅与竹马。

男生喜欢拿这东西恶作剧，直接扔某女生头上，这个女生嘛，必须是长发的，或许是好看的，反正是多年以后还会令他心跳的。最好不是一粒、两粒地扔，而是成把地撒，撒完再有机会凑上去火速按着人家头发乱揉一气……效果是立竿见影的，女生惨叫之余，非得把在家编得齐齐整整的小辫当众解开来，顺着头发认真仔细一粒一粒往发尾捋……才能把粘得满头，跟头发丝夹缠不清的粘粘果勉强搞定——想从粘牢的地方直接往下取？连门儿都没有！不然怎么称得上是整蛊神器呢？这边受害女生费尽周折，拣是拣完了，头发却乱成了一团麻，说不定还外加一脸小泪花，总之是仪容尽失。那边呢，作案男生一般会从旁涎着脸觑，一脸的得志便猖狂，心里还很不以为然："不就是粘粘果吗？真是小题大做。还算本少手下留情，要给你弄的是口香糖，小姐你明天就得剃个滑亮蛋（当地方言，光头之意）来上学啦，啦啦啦……"心头高奏小凯歌。

女生也不永远是受害一方，常会有变被动为主动的情况出现，一般分两种：委屈就申冤式和犯我必复仇式。

委屈就申冤式，被男生整蛊，喜欢第一时间报告老师，兴许还哭哭啼啼，还声嘶力竭。表弟对苍耳子的深刻印象是小时候老师曾把它塞他嘴里，还罚坐最后一排，就是因为他遇到了此款女生。当然，他招惹人家在先。

犯我必复仇式，被男生整蛊后不是报告老师，而是想办法奋起自卫，让他也尝尝厉害。这款女生受害后一般不声张，采取以其人之道，还治其人之身的手法，也在私下搜集一大把粘粘果，再用软纸包好，找时机放该男生座位上，他要是不防备一屁股坐上去，女生立刻跟事先约好的小姐妹一拥而上，把他往死里按，不让他站起来……不瞒各位，这招本老用得比较熟。

当然还有防患于未然，先下手为强式。只是这款女生属于人中极品，比较少见。

刚才说的是苍耳子在云南语境下作为“粘粘果”的故事。祖国各地都有苍耳子，但苍耳子在我家，还有别样故事。

我小时候比较多病，老妈是中医拥趸，常带我去看中医。因此我学龄前喝过的中药，少说不下两百服，像是什么“良药苦口利于病”“先苦后甜”之类的先哲名言，我早就不光烂熟于心，小小年纪还操练得很娴熟，喝药的劲头一点不输梁山好汉大海碗喝酒。那个时候民间中医界还真有不少回春圣手，因为没有今天的环境污染，药材的药性也来得比较纯正。记得个旧吉安街上有个很受欢迎的陈姓中医，人称“陈安南”，因为是安南人，也即越南人。一个越南人，为什么会在中国行中医，而且医术还如此高明？这一切，始终是个谜。妈这辈子力挺中医的一个理由，就是我小时候一次高烧不退，问陈安南开了一包四毛钱的药粉粉，头天服下去，第二天便云开日出，好得跟没事人一样。

既然经常服中药，有时就需要拿着医生开的方子上药铺去配药。有一次，我的一剂药里正好缺一味苍耳子，正好每个月有二十来天在野外工作的父亲周末回来了，老妈忙着料理一堆家务，就让父亲去配这药。父亲念着“苍耳子、苍耳子……”出门了，走到半路，遇到一位熟人，讲了几句话，又经过一座桥，看见两只猫打架……遂把药名完全忘光，只好转回来再问我妈：“你叫我买的是几儿子？”

那年我弟还没出生，我爸大概是太想儿子了吧。

2011年12月

胎　毛

胎毛，此处非指新生婴儿的毛发，而是一句儿童游戏的口令。在云南个旧，儿童戏耍时喊一句“胎毛”，其意义几乎等同于“救命”。被人追到快要跑不动的时候，被人胳肢到快要撑不住的时候，游戏会设定一到两次机会，让你喊“胎毛”。这是一个让人获得轻松喘息而又不违背游戏规则的词，一个受欢迎的词，一个边喊还可以边做手势的词。左手手掌平伸，右手以食指点在左手掌心处，与掌心垂直。

不错，这手势跟国际赛场上的“暂停”手势一模一样，“胎毛”的发音，跟国际赛事中裁判吹暂停哨时发出的口令“Time out”也一模一样。二十世纪七十年代上半期，一个尚未改革开放的国度里的边疆省份工矿业小城，从何处熏染了这种西洋做派，以至市井里巷的黄口小儿，也操演得如此娴熟？

儿时对这个口令，就像对母语里的任何词语，喊了也就喊了，无甚特殊感觉，多年以后蓦然回望，才吃了一惊。个旧不像广州、深圳那样近香港，中国话里会时不常“补丁”一块英文单词；个旧也不同于北京、上海，学英语的人群，即便在最为萧条的年代，在大城市也还拥有颇为恒定、可观的数量。记得我学龄前玩游戏的阶段，当地小学校早就不教授外语了，中学开外语课也只有俄语独门独家。如此说来就更无从得知，个旧小孩玩游戏时，怎么懂得用英文“胎毛”来喊暂停。

一位四川籍的英语老师当年有过同感，他初到个旧，听当地老百姓催别人赶快离开，会说“勾了，勾了”；回答别人谁谁到哪里去了，会说“他勾到后面去了”。英语老师顿觉奇怪无比：个旧人不用教也会说英语的“go”？！但其实，个旧人说“勾”是带点小戏谑的，其中有撵人的意思，比“颠”厉害，又不及“滚”严重，大致相当于小滚小爬。

至于当年回城休假的知青凑在一起打“拱猪”牌时，有人把变压器梅花10，叫成“刀搏”，也就是英文的“double”(翻倍)，就更是常有的事。喊“刀搏”比喊“变压器”当然有气势多了，好像凭空多了把搏斗的刀。

还有一个方言词叫“岔巴”，系多管闲事，多嘴多舌的意思。情景举例：小不懂事时跑去问一老太：“你叫什么名字?”老太回答：“岔巴姑娘不得闲饭吃。”意指你小小年纪管闲事太多，当心这辈子变劳碌命。当时把“闲饭”听成“咸饭”，还因此而百思不得其解——米饭不都是淡的吗，谁想吃咸饭来着？可见执迷不悟之深，活该长大变劳碌命。有个桂林版本的同类事件，值得在此比照一下。黑鸟当年还是小男孩的时候，也跑去问一老太“你叫什么名字”，得到的回答是“狗来问”，他以为这人真的姓“苟”——碰巧当年班里有小同学姓这个姓——殊不知多年以后才恍然大悟上了大当。两地民风差异由此可见一斑：个旧老太是另起一行，反守为攻式；桂林老太是借坡下驴，暗藏杀机式。都不省油。

“岔巴”这个词也是，说了几十年，有一天经刀妹提醒，才把它和英文的“trouble”也就是港片里说的“茶包”联系到了一起。刀妹去国以后，仿佛开了天眼。距离的拉开可以使人获得别样的视野，这是一个例证。茶包意指麻烦，或者，多事而惹麻烦的人。无疑，岔巴和茶包，发音很相像。难道说，这也是在某个历史与现实的契合点，由特定的人和事，无意中，把英语文化远道“嫁接”到了中国的滇东南？

我自然想到了二次大战时盟军对云南的影响。1941年，抗日战争进入到最艰难的相持阶段，日军入侵缅甸切断滇缅公路，企图阻止国际社会对华援助，美军退休将领陈纳德将军接受国民政府的委托，组建美国“飞虎队”，开辟了一条世界屋脊上的驼峰航线。驼峰航线从印度阿萨姆邦，向东横跨喜马拉雅山以及云贵高原西部那些大地上最深的褶皱、最显著的高山深壑——高黎贡山、萨尔温江、怒江，向东北斜切至云南的昆明、呈贡、嵩明、杨林等机场，而个旧地处滇东南，的确压了一条线，那是北回归线，却不是西南—东北向的驼峰航线。

所以，飞虎队在个旧一带出没的可能便被排除了。然而，据我家里人的回忆，个旧地区确实曾经驻扎过盟军。

那是抗战胜利以后不久，大概在1947—1948年间，当年父亲还不到十岁，在个旧经常与“美国大兵”邂逅。那时三家寨公路还算比较平直，他亲眼见到那里降落过美军的二人座小飞机。美国大兵很喜欢小孩，小孩们经常用一句“老美顶好”外加竖起大拇指，就能从大兵手上轻松哄得饼干、巧克力甚至黄油等奖赏。“饼干是咸甜味的，长条形，大概4厘米宽，10厘米长。”父亲后来是测量工程师，很讲究数据的准确度。“巧克力方方扁扁，一条一条的，大概每条3厘米宽，6厘米长，还比较厚，1厘米左右是有的，他们一条条给小娃。那巧克力料给得很足，蛮好吃呢。”黄油装在铁盒子里，包装有点像中国早年的鞋油盒，上下盖子各有一个搭扣，一拧就开，一压就紧。

也有调皮小男孩，凑上来从不拍马屁，也能换到吃的。经典台词是：“老洋咪，我是你叽D！”老洋咪，对洋人的通称，后半句意思：我是你家爹。博大精深的中华文化，也有它“胡扯”的一面——喜欢跟人扯亲戚关系，还动辄要当别人父辈祖宗，好像这样一来，就可以从生物链里抢到一段占先的地盘，精神就胜利了。这一点，即使地处西南边陲的云南小屁孩，也概莫能外，深得真传。父亲还回忆，美军有自己的驻地，不住老百姓家。当时，现在的人民医院后面是块大凹地，还没有现在的个旧湖（此湖形成于二十世纪五十年代的一场洪水），就在那儿驻扎过一队美国兵，当中还有黑人和印度人，大概就是雇佣兵了。

如此说来便可以想象，美军官兵业余时间一定喜欢打球的，球场上奔跑起来，自然会吸引当地老百姓前来观看，那么像“胎毛”这一类的比赛用语，就会不胫而走。然而，一个地区的语言现象，应该有着更为复杂丰富的成因吧？不会就这么单一到可以一刀切成的地步。父亲有一个观点提醒了我，在他看来，个旧地区的西式比赛用语，大大早于盟军的影响。理由有二：

一、早在二十世纪上半期，个旧就因锡矿的开采、贸易，以及后来云锡公司的进驻，成了一座移民城；二、省外中产阶级的到来，可能一起带来了西洋体育文化。为了举例说明，他提到两个人，一为吕冕南，一为杨伯镛。

吕冕南（1894—1971）是“云锡三杰”之一。另两人是昆明人缪云台和云南石屏宝秀人陈鹤亭，石屏宝秀是我的祖籍，这个以后有机会另文再叙。三个人里面，吕冕南是江苏宜兴人，这位早年留法的化学博士，于1937年抗战爆发以后，随民国政府资源委员会从南京西迁入滇，是1940年成立的云南锡业股份公司（1950年更名为云南锡业公司）元老，曾任国有云南锡业公司协理（即副总经理）。当时由于兵荒马乱，有一批外省籍精英知识分子西迁入滇，像个旧这样一个新兴工矿业小城，因此吸纳不少人才，打上了鲜明的移民城市烙印。吕冕南无疑是这批外省知识分子当中的出色代表，除了在任上业绩突出，还很重视教育，成立了云锡中学（内设小学部），亲自兼任该校校长。父亲的小学教育便是在那里完成的，只要是云锡子弟，课本不用买，去老师那里盖个章便可以领。父亲说，那时在校园经常能碰上吕校长，看模样五十岁上下，个子不高，小平头，人很有气场。父亲等一干小学生见了吕校长，是要行礼的。吕冕南是云锡公司草创之初的学者型高管，当时云锡的总工程师倪桐才，也是同类人物，祖籍上海松江。吕冕南1958年被错划为右派后到昆明任教于滇南大学和昆明工学院，颇受师生敬重。1971年病逝于武汉。

以上生平资料，多已进入公共流通领域，说来并不稀奇，我只是尽量补充一点自己听到的新鲜材料。我家与吕冕南另有一重缘分——外婆曾经在解放初期担任过吕协理的秘书。当年才貌俱佳的江浙人陈小姐，是公司一道和煦的风景，办事认真利索不说，还写得一笔好字——那时可没有电脑，作为秘书，需要写字的时候比比皆是。后来运动来了，外婆没能幸免，名号有点特别，成了“军统特务”……往事如风，如今他们都作了古。时光之流进行得比人的想象快，卷走一切的人和事。连我自己都感到了那股旋涡的力道。

杨伯镛是我父亲在云锡中学小学部的学长，间隔高小跟初小的距离。他后来加入国家男篮，做了主力队员；再后来，还做过国家女篮主教练。有一年，大概是1985年的样子，我当时刚上高中，杨伯镛带领国家女篮的姑娘们回过一次个旧，在工人俱乐部的灯光球场打过几场表演赛。我有个女同学丫丫，对篮球发烧级别很高，几乎每场必到。我在她的一一指点下，“认识”了女巨人郑海霞、队长丛学娣，还有最佳得分手宋晓波，等等。

回过头来说说国手杨伯镛，他从小爱篮球——这话说了等于没说——但是在个旧这样一座边地小城，爱篮球爱到最后修成正果，这事就有点耐人寻味了。据说杨家因为经营锡矿生意，在当地也算富贵人家。杨伯镛最喜欢抱着篮球一路拍，一路走，连有石阶的地方也不例外。这番少年做派，要是换在今天，实在没什么好奇怪的；在当年可就不一样了，拍着篮球走路的杨伯镛，成了小城里的一种风尚，时髦、倔强，因而得名“杨苗子”。苗子原是当地人对少数民族的一种贬称，天长日久演变成对自家子弟里愣头青的称呼，有责怪也有溺爱在里面。杨伯镛和他的几个同学，都是当年的“球花子”，足见当年以篮球为代表的球类运动在个旧的风行。

“所以，当年球场用语，除了‘胎毛’，还有‘凹塞’之类，凹塞是不是说的出线?”父亲根据对当年球场判罚的印象，这么问。

凹塞嘛，就是outside，果然是出界、出线的意思。

“至于‘岔巴’，不敢说就是‘trouble’，应该是个巧合，”父亲说，“因为云南乡间，很早就这么说了。”是呵，谁知道呢?语言这个东西，实在是鲜活无比，滇东南一带，因为滇越铁路的修建，曾经一度，受法国影响很大。也许在我尚未觉察的地方，还藏着法语对当地方言的熏染也未可知。

2012年3月

厕　所

厕所本是一个中性词，或臭或香或无味，一切在乎人为。在那洗心革面的年代里，沈从文沈老他们洗过厕所。如今离洗厕所的日子并不遥远，我还真的想要写一写厕所。厕所与人、与日子，有着日常而原属私密的联系，在公厕普及的年代，这个日常私密行为变得相对公开，所以，从厕所便可观照当时当地的人，以及那时的日子。我想重点写的，是少时在云南家乡所见的各式公厕，当中或许会借来其他地方的厕所作为参照。

二十世纪七八十年代，个旧比较常见的厕所是公厕。各家各户有自家独立的入户卫生间，这在1985年以前，是想都没想过的奢侈。公厕多为独幢砖木结构，以女厕所为例，一般进门后，一侧有一排蹲坑，四至十来个不等，正规一些的，坑与坑之间会有半人高的隔板，只有隔板，没有现在比较常见的独立的隔门，简陋点，连隔板也没有，更别说隔门了，就只是光光的蹲坑。幼儿园和小学校的厕所是没有隔板的，省去隔板的位置，坑位就可以多掘几个，以便应付课间如潮水般涌入急于排泄的孩子。幼儿园孩子上厕所，自有一番低龄人的手忙脚乱，有憋急了跺脚兼乱走的；有拉屎对不准坑位一拉拉到坑边的（民间有“狗笨还怪茅坑歪”一句，即借此情形讽刺挑三拣四没本事之人）；有担心时间来不及，忙乱中裤脚边拖地，沾了大小便的；更有解完手提不起裤子，急得直哭的……一片热气腾腾的乱象。等到升进小学，小学校的厕所在课间也是人满为患，来方便的小学生群里偶见鹤立着一两名老师——长这么大，见过教工食堂，还没见过教工厕所，所以，在方便的地方和自己班主任迎头相撞，就成了不需要大惊小怪的事。最窘的还不是在厕所遭遇老师，而是这老师一旦急起来，有时会一边招呼，一边大步跨上蹲坑台，神速蹲到自己学生身后，即两人共用一个蹲坑……我真诚地担心过，老师的一泡热尿，会不会因为两人离得太近，而溅到学生 PP 上……而事实上，同学当中没听说谁为这事抱怨过，又或许，是敢怒而不敢言。

单位厕所按说都比较正规，也多半带隔板。当然也有例外。我小学、中学阶段，离家最近的公厕，属于街对面的一家厂矿总部。虽是总部，厕所设计得却很普通，够大是真的，可以供十几号人同时如厕，中间没有隔板。坑位区别于其他常见的混凝土结构，是木板的，踩上去咚咚响，感觉脚下很空。脚下果然空，是个很深很大的粪槽。好在舀粪的老乡来得勤，粪槽经常干着，不然来大便的人就该担心会不会因为扔“深水炸弹”而溅起下面的粪水，弄到自己身上。木板被踩踏的时间长了，会比混凝土来得湿滑，而且这家蹲坑开得很宽大，小一点的孩子蹲在上面，两条腿不得不歪斜着，有时膝盖头也不知不觉会并到一起——好像从没有人担心过，会不会有小孩因此而蹲不稳掉下去，就连孩子家长那时也好像集体地神经大条着——伟大的前独生子女时代。那年头流行“咱们工人有力量”，厕所也好像完全是为牛高马大的工人阶级而设计。当年个旧市面上还经常见得着缠小脚的老太太，我常去的厂矿总部每有小脚老太搬个小凳子蹀躞着莲步而来，你可千万别以为她是来看露天电影的——虽然旁边的确有放露天电影的操场——人家正经是来上厕所的，有了自备的小凳子，变蹲为坐，才“蹲”得稳，“蹲”得长。

我对这间厕所印象深刻还有一个原因，那时学校鼓励学生回收废钢铁，我这个班长曾经带领班上十几名同学，连拖带拉，搬走该厕所外面某角落处的一个废泵部件。这坨直径约半米的扁圆形废铁，也不知在角落的苔地里被闲置了多久，身上已经开始生锈，但还不算太锈迹斑斑，实在是成色不错的一块“废钢铁”。老看见先从厕所里出来的人站在它上面，等还在里面的人。也不知等人为什么非要站到它上面，再怎么站得高看得远，也看不到里面啊。又或者，不管它看得到看不到，它就是一坨“望厕石”……直到有一天，我自己也站到“望厕石”上等人，确证踮起脚也窥不到什么，其实就是窥到什么，又有什么意思呢？心里好一番乱没意思，未几又活泛起来，打起了卖废钢铁的主意。三四年级小孩子，力气还不大，记得是有人带了绳子过来，几下里拴住，等到最初纹丝不动的家伙终于被大伙拖动的时候，也大概有路过的大人笑着说了两句无关痛痒的话，最终竟也无人阻拦。这事就这么办成了，拿到废品收购站卖了不小的一笔钱，交给老师做了班费。老师认可了我们这一次的勤工俭学活动。

有点扯远了，再回过来说厕所。个旧民间管厕所叫“茅司”。小时候只记住这个音，不知道怎么写。其实就是“茅厕”这俩字，“厕”在方言里可读为“司”。又或者，厕所在北方又叫茅房、茅坑（有“茅坑里的石头——又臭又硬”一句为证），个旧话隶属北方语系，茅司应是比茅房、茅坑更正式的一个词，有点“专司茅房事务”的意思在里面。我原先按读音推测这两个字的时候，还觉得有点像英文的“mouse”也就是“老鼠”，个旧早年受美军飞虎队驻防人员影响，方言夹带英文谐音，不是没有先例，比如前文提到的“胎毛”即“time out”，但“茅司”还真不是老鼠，虽然在漫长年代里以至晚近，咱国作为传统上施用农家肥的农业大国，五湖四海都比较常见露天的粪池蚊蝇飞舞，鼠类猖獗。

说起农家积肥的事，跟厕所大有关系，话又长了。小时候开始认字便学农谚，“庄稼一枝花，全靠粪当家”，学是学了，不在农村生活，体会不深，见了进城挑大粪的，忍不住还是会捂鼻子。农村地广人稀，积点肥很不容易，不像城里，人口密集不说，公厕也多，农民进城见到满满的粪池就跟见了宝似的。父亲在浙江待过十多年，他说那边农民就有住在厕所里的，那是因为各生产队都暗自划好了城里厕所的势力范围，派专人在里面昼夜坚守。黑鸟在桂林长大，小时候见过有农伯专门候在那里，一见有人进厕所，就把长长的粪勺伸进粪槽，自己扶着勺柄，悠悠然点着一斗烟在那儿吸。吸了会儿工夫，听到高空落物嗵的一声，顿时收勺，赶上冬天勺里还会冒股子热气——

农伯眉眼里那个自得，跟钓了一尾鲜鱼也差不多。

桂林的朋友阿忠，是知识青年上山下乡赶尾圩那拨里的。生产队派他进城积肥，跟种地一样结算工分。阿忠于是挑着一对粪桶，顶着烈日就进城了。进来以后东兜西转了一圈，也只积到两个小半桶，眼看天色晚了，怎么办？没积满回去不好交差呵。这个阿忠在家是最小的满弟，上面好几个哥哥姐姐，老爸还是设计院院长，一家人都宠他。想起温暖的家，家里那些好吃的，还有比知青点不知舒服多少倍的自家的床，阿忠不由得饿了，困了……想也没多想，挑起粪桶就回家了。到了家门口才想起来：这粪桶该往哪儿搁呢？也不能搁门外面让邻居笑话呀……索性一不做二不休，一挑挑进了自家公寓房，把一对桶宝贝一样往门背后一藏……等到家人陆续回来，纷纷诧异家里为什么这么臭，然后一找找到门背后……这事后来成了阿忠家里百说不厌的滑稽段子。

个旧民间有句老话，叫“屎急挖茅司”，指人做事匆忙、没计划，事先不做任何准备，相当于“临时抱佛脚”，但说法上更家常，更能被升斗小民所接受。建临时厕所这种事也不是没有过，尤其当学校组织学生下乡支农，乡下看见一下来这么多学生，就像看见肥料自己跑来了，是最高兴的事。于是热火朝天挖坑，搭板，中间用板壁隔开分作男女两边，周围围上一圈草席，好一点的话上面再加几片石棉瓦，这茅司就算建成了。坑的大小一般以方便蓄肥为准，人的安全倒不是考虑的重点。一个直径三米、深两米多的坑，上面搭了几块厚薄不均的木板，有的薄板子，人踩上去会一颤一颤……终于有一次出了事。那是一次工间休息，茅司里一下涌进好多学生，眼看挤上两块木板的人越来越多……木板最后支持不住，啪一下断成两截……摔下去好几个人，拉上来洗洗，跟没事人一样。好在没出人命。那个年代，没出人命就算万幸。

我曾经纳闷过，是不是云南地处西南边陲，发展上要滞后一些，相应的，像公厕这种公共设施，也要落后很多？父亲给出了强有力的反证。他曾经工作过的绍兴、舟山以至杭州郊区等浙江多地，虽然地处东部沿海发达地区，文化上也有明显的区位优势，但当初那里的公厕，“说了你别不信，”他顿了顿，“是不分男女的。”至于怎么个不分男女，他详细解释说，公厕就只有一道门，里面在粪池边筑一道及膝的砖墙，墙头放根横木，全部硬件就算齐备了。然后男男女女，甭管邻居还是同事，老头还是大姑娘，进去后就这么往横木上一坐，坐在一起，底下各人解决各人的问题，面上全不相妨，还可以自如聊天。有的厕所还没有外墙，只挂块半人高的简易草帘挡住下半身，于是人坐在里面，还可以跟从外面路过的熟人打招呼：“喂，你吃了没？”父亲刚从云南毕业分配过去的时候，对这状况相当不适应，常常舍近求远，到外面野地里去解决，直到有一次闹肚子，事情来得紧急，才不得不破了戒。据说父亲的这个第一次，是从始至终掩面式——怕被异性熟人撞见的恐惧，不止这一次，在相当长时间里，强烈占据了他的内心。我听着这些，有点像听天方夜谭，很是难以置信。但想到1988年我在绍兴鲁迅故居旁进过一间怪异的厕所，那间公厕有点年头了，正是父亲所言横木式，而且木头的柴纹已经被磨得又黑又亮……旅游区厕所大概改良了，分男女了吧，没见有男的闯进来，当然我也没在里面待，见状异样，就跑了出来。

国人对待自己排泄物的态度颇有点耐人寻味。历史地看，农业大国的特点很是突出，突出到跟文明古国有得一拼的程度。地域地看，国人卫生习惯的国际声誉不高，是不争之事实。跟邻国日本相比较，同为亚洲人，两个民族在对待自己秽物的问题上，有着截然不同的表现。咱国来得暴露，铺排，反正疆域辽阔，弄臭了一块地，还有另一块，而且当中不乏用自己体味标注势力范围的动物本能。日本蕞尔小国，要是也这么干，哪里造得起？于是滋生了耻感文化，这方面内敛到极致，以至把清洁马桶的干净程度，拿来当作考评服务生的重要指标。不揣冒昧地说一句，粪坑是中国审丑文化的显著代表，各人自扫门前雪，岂管他人瓦上霜，排泄物一旦离开身体去到外面，就成了外面的事，与己无关，它脏吗，臭吗？再脏，再臭，也已经汇入大众，大众的脏臭，恰恰证明了“世人皆浊我独清”，还乐得有个反面的参照物。个体仿佛得了健忘症，不记得这个大众的浊，也有自己的一部分贡献在里面。

我中学阶段在省内见过的最为“高档”的厕所，位于在昆明做公务员的某亲戚家公寓楼内，蹲式陶瓷便器，上完厕所，一拉上方拉绳，会有水流涌出自动冲洗便坑。这幢建筑应为建国初期苏联援建的专家楼，所以带来了卫生间的俄式革命，但在我来到这里的时候，这个革命已与中国国情相安无事多年，变得面目模糊。厕所为每层楼公用，该层三到五家住户，每户都管着一把钥匙。既是公用，物权就遭到了普遍的漠视，洁具有几近三分之一的白瓷表面已经破损，露出黄黑不等的内层。邻里之间，常为有人便后不冲，或者用水量不均，诸如此类鸡零狗碎的小事而爆发争执，既伤脑筋，又伤和气。

等到后来我自己用上有隔门的厕所，那已经是在八十年代后期的北大了。

2012年9月

云锦

个旧各位

月亮火车

火车像在一口深井里走，窗外是贴得很近的嶙峋的石壁，怎么绕也绕不出去。这是我第一次乘坐火车的记忆，那一年的中秋前夕，在我六岁的印象中，和着“月亮月亮团团，火烧火龙船船”的儿歌，圆的不只是月亮，还有火车绕过的弯弯。

小孩子的印象往往是最直观的。云南铁路弯多道窄，加上地势起伏多变，坡道很多，火车如果不设计成窄轨，转弯就成了问题，车身重了上坡也会吃力。即便已经是比标准轨道一再缩微的滇越“米轨”、个—碧—石“寸轨”，在云南，火车行驶速度依然很慢，尤以上坡为甚。车速不能快呀，否则会有脱轨翻车之虞。所以“云南十八怪”里才会赫赫然有一怪叫作“汽车比火车快”。

妍英像那个年代的很多人一样，被下放到农场，接受监督劳动。农场在离家不远的一座小山上，但妍英回不了家，像她这样的人，没有随便回家的权利，哪怕中秋节也不行，哪怕在省外工作的儿子难得回来团聚，也不行。作为七个孩子的妈妈，妍英那年也就四十出头，身材高挑匀称，受过良好教育。云南怎么样她正在感受，外面怎么样她心里清楚。她是三十年代的上海中学生，一路飘零到西南，见过太多的大风大浪。岁月凝练出来的沉静优雅，就像她白皙的皮肤，怎么改造也褪不去；嘴角的笑靥，是乱世里的一泓清水，有着不合时宜的完满和朝不保夕的坚持。总之她这个人好像不会惊慌，想让她慌乱，会比较困难。但是这一次，妍英面临着一个考验。

回来探亲的儿子是她心底最疼的一个，从小就没过过什么好日子，常常半饥半饱，又调皮，常挨打，可是却考上了省外的水利学院，赶在全国真正乱起来之前，好好念了几年书。他大概有两年没回来了吧，妍英在心里盘算，既然自己不能回家一起团聚，哪怕单独跟儿子见上一面也好呀。离劳动的地方不远，就是火车必经的一座山坡，可以在工间溜出来一会儿，去那儿守望火车。而且，谢天谢地这里是云南，火车因为爬坡，会开得很慢，慢到她亲眼见过一个老太，从行进的火车上跳下来捡不小心被风刮跑的簸箕，捡到后还能转身追上火车。因此妍英决定，无论如何要见儿子一面，农场没月饼，就是煮几个鸡蛋也要想办法给他递上去。

一切照计划进行，中间当然有人传递消息。那年的火车开得真慢呵，妍英等在山坡上，任凭高原上的风将她眼角温柔的期冀融入透明的阳光。一个异乡女子，在哪里生儿育女，就会把哪里变成儿女的故乡。风拂着她的发，卷着她的衣角，就像吹拂这里的每一块千年万年的岩石。寂寂空山，她眼巴巴望着山下，希望载着她儿子的那列火车，能从那儿很快探出头来……

火车终于露脸了，吭吭哧哧爬着坡，在远处似乎还很慢，可是一到近处，车厢竟接二连三一晃而过，连厢号都没法看清——火车再慢，也毕竟是火车呀，不会因为有故乡和母亲一起等待，就留情多少。等到儿子和母亲互相找到的时候，火车已开出十几米去！四枚熟鸡蛋还泛着余温，被妍英托在一方素洁的手帕里。愿望算是落空了，心里却有一种很奇怪的踏实感，因为你看见了我，我看见了你，在那个年代，这就算团圆了，知道彼此都安好。

这是发生在遥远过去的一个真实的故事。妍英是我外婆，火车上的儿子，是我的舅舅。我从来没见外婆掉过一滴眼泪，她在我们家每个人的回忆里气定神闲，永远微笑。每一个孙辈她都抱过。多年以后她跟我说起这件事，神情依旧平静如秋天的月亮。可是泪水，却在不知不觉间盈满了我的眼眶。

2005年

后窗的花

我曾经以为云南的春天就是天下的春天，以为哪里的三四月间，都可以看到樱花、桃花、梨花、杏花、山茶花们大不惜力地簇拥、绽放、盛开、争艳。春天有的是温柔的力量，花是云霞的粉、欲滴的红，即使是白的也氤氲着赧然的烂漫，春天当然是暖调子的，暖意会涌动、扩张，漫天恣肆，热烈奔放。直到有一天，我来到一座以绿色定义春天的城市并长年居住下来，才发现春天也可以是克制的，中性的，不冷也不暖，如果你懂得她的明媚，那么寻花不遇便也可以略去不提，只把湿黑树干上的每一抹新绿，都当成枝头的春花来赏就好。

可是，我仍然抑制不住地要在春天想念云南。云南花可真多呵，多到我会“醉花”，儿时每年随家人去宝华公园沿坡而上踏青、春游，有哪次不是被遮天蔽日的花树的粉霞蒸腾得一头困倒在大人的肩膀上？到处都是粉，深的粉，浅的粉，粉嘟嘟花枝一串又一串，映着碧蓝的天，煞是好看，好看到极致便成了寻常，小孩就起了昏沉的睡意。

我妈那时有两件毛衣，一件蓝毛衣，一件黄毛衣。我的看图识字小画书教我认三件毛衣：红毛衣、蓝毛衣、黄毛衣。我认完字到处找妈妈的红毛衣——虽说云南的春天有着各种层次的红，但我发现老妈不光没有红毛衣，她连一件红衣服也没有，我妈不爱穿红衣服。毛衣外穿，是我妈下班的装束，上班这么穿会吸粉笔灰。她的两件毛衣是开襟的，穿的时候，除去最上面一粒扣子，她会仔细扣好其他每一粒，再在领窝处翻出白底淡花的衬衣领。她下班做很多家务，比如蹲在我家当时的住地、“三八”理发室后面和平小学教职工宿舍院子里的水龙头边，洗大盆的衣服。很小的时候，我被水声激励，会忽然奔过去扑到她背上，搂住她脖子，从她肩上斜睨她一双卷着袖子正在淘洗衣服的手，哪天手袖脏了，她身上的黄、蓝毛衣就会互换。红花有什么稀罕，身着黄、蓝毛衣的老妈，才是最温暖的一朵大花。可惜我那时还太小，连搬个凳子都不会，只会添乱。

云南有一种可以入药的植物叫七叶一枝花，外婆生了七个孩子，恨不得全是花，只有两片叶子——我的大舅和小舅。大舅大学毕业后分到东北工作，长年回不来，这个家的第二代就只剩了小舅一个男丁。家里女眷多，热闹，七嘴八舌，勤脚快手，张罗顿饭的过程就变得轻松而兴致勃勃。比如我们在春天会吃一种报春花，紫色的菊状花朵，每一朵花的花盘都恨不得有小圆镜那么大，一捆捆买来，花朵却掐下不要，只吃下面空心的茎，折成一段段，炒肉丝吃。那年头肉类凭票供应，炒不着肉丝，炒豆腐干也成。而我那时并不关心用它来炒肉丝还是炒豆腐干，见家里吃报春花，是一定会缠着大人去取针线的——取来粗针大线，把那掐下来的花一朵朵挨着穿成一串，就开始挂在脖子上疯：冲到北屋佯佯，又冲到南屋狂狂（“佯”和“狂”在云南方言里都是嘚瑟、显摆的意思），嫌不过瘾，又挂着这串大花项链转圈，转得项链在前襟高扬起来，也多半会在转得晕头转向停不下来的时候，被大人一把箍住，拉进怀里问“你想佯哪个”，或是“你狂给哪个看”，问得我真想跑出去找邻居家的芳芳，就想狂给她看。

芳芳她外婆在她家屋后开了块菜地，芳芳是个天性热情的女孩子，大眼睛忽闪着明亮的光，随时随地满含笑意。她会拉着我去她家菜地玩，我也最喜欢去那儿，在里面认白的辣椒花，黄的黄瓜花——很多瓜都开黄花。不过我和芳芳最喜欢摘的还是那些个爬墙的喇叭花，蓝的、红的、粉的、白的，既多，摘了又不碍事，不会被大人呵斥。小女孩是花朵的天敌，形同最天真的采花大盗，虽然知道那花采下来不久就蔫了，蔫了就会被随便一扔，魂丧天涯，也还是忍不住要采。喇叭花采多了，手拿不住，就随手取根花藤，把花托摘了，从花心一朵朵往下穿，穿得花裙叠着花裙，倒提着，真的像一条小仙女的跳舞裙了，心里就美滋滋的，还把那花藤捻得转来转去，下面的花裙也就跟着转啊转的，犹如彩裙飘飘。

赵婆婆也就是芳芳她婆还会帮她用殷红色的指甲花（也就是凤仙花）来包指甲。先取来花瓣捣成泥，里面和上酸矾，涂在指甲上，用指甲花叶子和线缠上，连续缠两天，夜里睡觉也不能摘，然后取下来，指甲就变红了，是透明的一种红，红得不是很厉害。酸矾就是明矾，外形像冰糖一样，为了让我们小姑娘了解这个东西为什么叫酸矾，赵婆婆特别批准我俩用舌头舔了舔，果然无比地酸，酸得我俩一脸窘相。赵婆婆这人有她的讲究，她教我们这样认识色彩：

红配黄，扯断肠；

红配绿（念“禄”），丑毒毒；

红配蓝，配呢哭（意为“配得哭”）。

……

几乎所有配红色的路都被她断然堵死，以致很长一段时间里我都百思不得其解：红色真有这么难看吗，难道只有黄才能配绿、绿才能配蓝？可是大人们给我和芳芳买了两把小花伞，赵婆婆偏偏给芳芳挑了粉底的那一把，却把黄底的那把留给了我。为了安慰我，她还给了我一个理由，说黄的那一把禁脏。“禁脏”(也就是“耐脏”)这个词，我正经就是从赵婆婆那儿学的，别看她文化不高，是半大小脚，也就是民间说的缠了又放大的“解放脚”。我外婆是天足，她在江南长大，自己不缠足，也不教我缠手，我大概也嫌缠着手过夜麻烦，就始终没染过指甲花。但我外婆在教会学校学过女红，能绣一手好花，从来不打草稿，直接飞针走线，就能在指间开出活灵活现的各色奇花异草。外婆给我们家孩子织的毛衣、绣的花全不重样，常被熟人借去做比照的样子。赵婆婆有一顶毛线风雪帽就是外婆织的，藏青色的底子上绣着一小丛紫色、点着黄心的报春花，俏丽，倔强。

两家男主人是同事，不同的是，一家女主人也在公司做白领，一家女主人则是全职家庭主妇。赵婆婆常夸外婆：“陈姐姐能干，家里家外都成（陈）器，不像我，只会围着灶（赵）台转。”赵婆婆就是这么一个讲究人，连客气话都嵌了字的。总之我记事的时候，知道两家人关系不错。

我家和芳家住的两排平房前后相挨，就在老阳山小半山脚下。两家人住斜对角，从我家后窗看得到后面那排房子，但还看不到芳家。从后窗还能看到山坡上有人家种的一片向日葵，那葵花长得很高，小孩都想到里面去躲猫猫，但大人不让去，说里面除了能藏人，还能藏别的东西。二十世纪七十年代初期的个旧，山上据说还时常有豺狗也就是狼出没。学龄前有段时间我被寄放在外婆家，刚才说了，我家不是花多叶少的结构吗，白天的热闹结束以后，天一黑下来，我就开始担心豺狗来拍窗户。当时家里只有外婆和几个孃孃，小舅在厂里加班，要很晚才回来。我那时每天天黑最盼望的人就是小舅了，小舅一现身我会长舒一口气，小小的心里本能地以为：家里要有男子汉，才可以抵抗豺狼。

见我这么个半大小孩躺在床上心事重重，盯着家里的后窗眨巴着眼睛不肯睡觉，小姨说你知道吗，有一年外公外婆被坏人关起来，周围邻居都不理我们了。家里只有小舅和我，其他人下乡的下乡，上学的上学，都不在家。晚上天也是这么黑，天上一颗星星也没有，屋里那时还点不上电灯，只能点蜡烛。大人离开家以前匆匆留下来的伙食费已经花得差不多了，我们兄妹俩又冷又饿，连蜡烛都不敢点，怕点完了就没有了。那时的山比现在还荒，不时能听到从炼厂那边的大烟囱下面传来豺狗“嗷嗷”的叫声。

“就这扇窗子，忽然被敲得砰砰直响。”小姨径直指着后窗说。我原本抓着被角的手，一把抓住她的胳膊。“你猜是谁？”她问。

“老豺狗来了……”我哆嗦着说。

“不，来的是个人，这人隔着窗栅，递进来几个煮熟的玉米，说是自家种的，又递进来一碗韭菜花，说是自己腌的。‘两个小娃快拿着，要好好的，别让爹妈担心！’她快快说完，转身就走，迈着小碎步消失在夜色里，边走边叹‘造孽啊，造孽……’。”

这个敲窗户的人不是别人，正是赵婆婆。

2016年3月

从红寨到鸡街

这是我和妍英之间的一个秘密。如果我不说，谁也不会知道，因为知道这个秘密的两个人，有一个已经不在人世。人世是这样一种东西，里面的每一个过客，都会觉得自己是这里的主人；因此很多秘密在很多情况下，活得比人长。

妍英是我外婆，那年我五岁。那年的外婆，比现在的我大不了几岁，身材高挑匀称，驾驭一件普通翻领衬衫的能力，超过我们家族中任何一个仍然健在的女人。一个人只要驾驭得了素色衬衫，穿什么都好看。她生下来就受过洗，是乱世里奋力成功营救过全家的佳人；国难当头，她立志报国改名振中，当时的男友，是不久牺牲在抗日沙场上的青年军官；她笑容里有光，眼睛里有神，但从来不把神挂在嘴上。她是命运的一颗棋子，命运以超卓的想象力，将她从江南书香人家落到云南边陲的夹皮沟里，而且落子为定。但她好像不以为意，只要有另一颗棋子——我外公来陪，她就能把所有或明或暗的日子，全都过得有滋有味。

我而今已经活到了可以和那年的外婆直呼其名的年纪，可以平静地回忆那年的夏天。妍英生命旅程中确实有很多值得大书特书的段落，而我自认笔力不逮，只挑些和缓的章节来谈。那年夏天，妍英带着我，上了一辆从个旧到开远的长途公共汽车，我们的目的地，是中途的鸡街。云南的夏天，身体很干爽，但太阳下有种辣烈的热。

那年妍英的五个女儿中，有一个正在生孩子，有一个刚旅行结婚回来。生孩子的女儿是我妈，我妈有一天早上早早起来，抱着还在昏睡的我，亲了亲额头就消失了。她其实是不常亲已经记事的孩子的，那天早上的情景就很是特异地留在了我的印象中。当然我妈失踪不久又重新出现，不止一个人，还抱回了我弟，一个襁褓中的小毛头——据说是从个旧湖中捡回来的，个旧孩子的出处多半是个旧湖，这是后话。

刚刚旅行结婚回来的是我四姨，她嫁给了一个江苏常州的世家子，两家是抗战期间先后入滇的世交。新婚宴尔，一对新人就非常新派地出门旅行去了，他带她去看他的家乡，在南京中山陵、苏州虎丘塔、杭州西子湖等地留下新侣踪影，刚刚回到省城昆明。新媳妇回娘家的时间很快敲定，新郎、新娘将一起搭乘米轨火车，从昆明到鸡街——因为火车只通到鸡街。然后妍英会代表娘家人，去鸡街火车站迎接一对新人，大家再一起从鸡街坐长途汽车回个旧。

就这样，在我妈生我弟期间，我成了妍英的宝贝和跟班。妍英本不是闲居的住家妇，很长一段时间里，我知道她在砖瓦厂上班，平时回不了家，偶尔放大礼拜才能回来。我们家人多，心齐，把一切都瞒得严严实实，像我这种第三代里垂髫之年的小姑娘，被隔在保护层里面，活该沉浸在像这样一种四平八稳的蜜色记忆里。

但其实，妍英是反右时期定性的“军统特务”，当时连她学英语都被指控为是为了迎接美蒋反攻大陆，因此被抹掉干部身份，管制监督劳动，一直在一线当工人。她在因为意外工伤提前退休以前，无疑吃过很多苦，受过不少罪。但是所有这些，我一概懵懂不知，只知道忽然有一天，外婆回来了，再也不走了，好像卸下了很重的负担，很放松地深坐在家里那把老藤椅中，冲我微笑，很疲惫，又很深情，右边嘴角笑出一个浅浅的酒窝。

她很快就适应了家居生活，但是哪怕在平常的家居日子里，她的卓尔不群还是如此顽固，比如在这个四季温和的省份，她还是会忍不住要回顾她海边的家乡。这种回顾并不是刻意的回忆和絮叨，是她自己也觉察不到的下意识——她会在凉爽得盖得住棉被的夏天，在邻居们顶多煮酸角汤的时候，还是不忘熬一锅老家那样祛除暑气的绿豆汤，放上云南的红糖，然后一心等儿孙们回来，带着欢欣问他们吃不吃；常常是等不及回答，已经端出一碗。听话的儿孙们便一勺勺舀着在那里慢慢吃，而不是稀里哗啦地喝。她于欣慰之中也曾有过一丝失望吧，或许也细细咀嚼过漂泊的结果——生长在云南的儿孙们，血脉里已糅进了此地一年四季的温凉，不复有她家乡那种冷热分明、颇有转折的激情了。

言归正传。一老一小作为家里当时的两个闲人，就这样踏上了去迎新人的路途。我对这一趟陌生的旅程一直就充满期待，想着四姨带回的上海喜糖，一定能拆出许多花花绿绿的玻璃糖纸，把它们洗干净、晾干来，夹在书里展平，再一张张和隔壁芳芳一起透着光去看那些有趣的图案，呵呵，光是想想就能让我快乐得像要飞起来。

上午九点多从始发站上长途公共汽车时，妍英是有座位的，我被她抱在膝头。到鸡街的时间，以当年的速度，正常算来好像需要一个多小时。问题就在于，这车一路停靠很多小站，沿途不断上来人，车里于是变得越来越挤，座位不够，很多人站着；而且事实上，售票员似乎一直就没报过站名。妍英此时已不能端坐，她把我侧放在腿上，紧紧搂着我。

车子开出四五十分钟，妍英有些坐不住了，鸡街虽然是火车中转站，但作为中途站点并不繁华热闹，很容易错过。那时郊外还比较荒凉，她把我放下来，揽着我，几次探头到窗外想做方位判断，都没有成功。她好像忍了又忍，一直想找一个合适开口的契机，读书人就是读书人，顾忌多，其实当时那个乱哄哄的场合，哪有那么多合适不合适的。

她终于深吸一口气开了口，问那个头发干黄、梳小辫的胖胖的女售票员："同志，请问……"不知是车厢太吵还是什么原因，人家好像没听见，没人搭理她。然而她一开口我的心就本能地一紧：她本来就出众，那夹杂着江浙和湖南官话的口音、斯文的声线、得体的谈吐，和周围闹哄哄的环境是多么的格格不入！小孩不懂得分析这么多，只是顿时有了害怕的预感。

"同志，请问你，什么时候到鸡街？"妍英并不是个内向的人，她有很强的解决问题的执行力，见人家没听见，紧接着就放大声再问了一遍。

“哈哈哈……”周围竟爆发出一阵哄堂大笑。

一个五大三粗的男人捅了捅女售票员：“嘿嘿，她叫你哩，叫你‘懂只’，你懂哪只，哈哈哈……”这男的一说话就一嘴烟臭，边说还边不怀好意地朝这边打量。

女售票员当胸捶了那男的一拳，爆了句本地粗口：“勾 ×，哪个是她同志！”急于撇清关系。

有个村妇模样的女人笑得特别起劲，边笑边说：“哪个有心肠告诉她呀，她单个戴着表，还问东问西。”她瞟见了妍英手腕上一块为了此行专门从箱底翻出来戴上的老式瑞士方表。

我依在妍英身边，扬着头瞪大眼睛一声不吭看着车里这一群忽然间变得敌意很重的人，车厢似乎一下就变成了一个不可理喻的真空高压容器，里面的人变形夸张，男的都成了大汉，女的全像是泼妇，他们都操着娴熟的本地口音。稍远的角落还坐着个军人打扮的人，绷着个脸，看不出表情。

“我要去鸡街接女儿女婿，怕坐过站。就想问一声，鸡街到了没有。”妍英坚持说。

“到了到了，前面就是。赶紧起来让我。”那笑得最厉害的村妇原本是站在旁边的，这时硬挤过来，狡黠地示意我们下车。妍英半信半疑，刚欠起身朝外看，那女人就一屁股挤到座位上来。自此，妍英失掉了座位，牵着外孙女，加入了站着的人群。而车子俨然没有半点停下来的意思。

“还没到鸡街呀，这哪里是鸡街的样子，”妍英自言自语，“售票员同志，等下还是麻烦你报一下站吧。”我还在呆萌地顺着她的话想着鸡街会是什么样子呢，会有很多鸡吗，就听得售票员忽然间嘶吼起来：

“什么，你要我给你报站？想得美！你白长眼睛了吗？不会自己看！”她边骂边比画，如果不是车子在颠簸摇晃，大有要挤过来厮打一场的架势，好像要她报站很侮辱她一样。

妍英当时已经在云南生活了二十多年，经历过比这还要厉害很多倍的谩骂；然而骨子里根深蒂固的秩序感，让她在此时此刻还是误用了少时在上海坐电车，售票员挨个报站的经验。

“我没说错什么呀，那边那位解放军同志，你给评评理……”妍英把最后一线希望寄托在车里唯一穿军装的人身上。车里霎时安静下来，大家都把眼光转向角落里的军人。

“你可别求我，你们吵你们的，我没听见。”他袖着手，翻了翻眼皮，把视线转向窗外。

那天我们中途就下车了，明明还没到鸡街，车上的人却全都跟约好了似的说鸡街到了。妍英就不再坚持，牵着我下了那趟怪车，下车遇到一个挑担子的老农还算正常，告诉说这里是红寨。

鸡街没有鸡，红寨并不红。从红寨到鸡街，我们祖孙二人牵手走了差不多两个小时。被太阳晒得发软的沥青路，路上极少有车辆经过，哪怕有，那年头也多半是马车、拖拉机什么的，不会有人给你搭顺风车。妍英说我们就顺着班车走的大路往前走，总归会走到的，省得走别的路会迷路。我坚持不要妍英抱，走累了，两个人就到旁边老桉树的树脚底下，用遮阳帽垫着，坐下来休息一会儿。妍英表面上不急不躁，说不要紧我们慢慢走，来得及。我呢，还把外形像小镰刀一样的桉树叶拗断成一柄小平铲，一勺勺铲土去填树下的蚂蚁洞，我不想让妍英看出来，我知道她心里藏着的不快。说是红寨，其实半点寨子的影子也没有，应该只是红寨的地界，只在路两边的田野里，稀稀落落能见着几个埋头劳作的戴草帽的农人。

我们就这样从十点走到十二点，走在阒无人迹、骄阳在天的沥青小道上，一阵风过，道旁的两排大桉树被风吹得哗啦作响。特别渴，渴的印象第一次如此刻骨铭心，我都觉得自己快成了路旁那些蔫小草的姐妹。水本来是带了的，只是没料到这段多出来的漫长旅程，军用背壶里的水早已被我喝干。就这样走了差不多十里路，一直等到到达真正的鸡街，两人才在集镇上重新喝到水。我们终于没耽误，在火车站法式站房的门口，接到了喜出望外奔出来的四姨和四姨父。新人拎回大包小包，除了花花绿绿的喜糖，我还得到了一双小丁字皮鞋。那时不像现在物流方便，新人旅行回来，成了快乐的搬运工。回程路上，一家人无比幸福喜乐，因为幸福，我完全忘了那个过程。幸福总是来得轻飘飘的。

多年以后，看到朋友中的才子龙子仲这样写云南，觉得子仲对云南真是理解到家了——

> 路边那些桉树不是速生桉，稀稀拉拉高高大大地傻站着，对你特别地无动于衷。如果有风吹过来，它们发出一种卡拉OK歌厅般的刺刺啦啦的声响，永远也不搭在调上，显得特别没心没肺。这时你很想喝水。可是水离你很远……

然而现在，妍英和子仲都已先后离开人世，人世是这样一种东西——里面很多美好的人和事，说走也就走了。可能孩子的眼光是别样的哈哈镜，后来长大的过程里，我好像再难遇到过那样噩梦般孤绝的环境，能让一个好人，瞬间成为众人的天敌。说好像是因为，其实还真有过濒临绝境的时刻，但是因为有妍英的榜样在先，我就知道善性之光哪怕再微弱，也不能因为环境的一时严酷而自我放弃。

我们祖孙俩后来都挺有默契，没有谈论过从红寨到鸡街的那一段经历，但是妍英当时一路教会我的一首歌，我一直都记得。那首歌以对唱的方式，唱出要外出觅食的麻雀妈妈对小麻雀的叮嘱：

> 女儿不要慌，女儿不要忙，飞上天去，要提防：老鹰老鸦多可怕，坏心肠，你要避让。也有那猫大王，还有那蛇大娘，他们都能够爬上树，他们都能够蹿上墙，你要时时刻刻记在心头上……

一首上海老歌，《麻雀与小孩》。我后来了解到妍英这辈子经历过的磨难远甚于当年去鸡街路上那一幕，她常常需要独自面对比这强大许多倍的恶，可是她一直坚持着她自己，到老都没有改变，成为我家几代人当中一个美好的活证，让我再也不惧怕衰老。

2016年6月

船一样的妹妹

黑鸟有天看报时忽然喊起来："有个澳大利亚女孩，可以从牙买加游到古巴，又从古巴游到美国，啧啧，像船一样。"

我知道这是关于横渡者的报道，就在二十天以前，中国的张健成功横渡渤海海峡，109公里游程，创世界纪录。

我有个妹妹也叫张健，这在以前还不算是最容易与人雷同的名字。二十世纪七十年代出生的孩子取单名的很多，想来想去，求什么也不如求一个"健"字要紧。叫"健"的孩子，父母的感情在那一年里朴素而亲近。

健是叔叔家的孩子，她还有个同胞姐姐叫谨。谨和我的名字取自主席的同一句话。主席的话再多也多不过祖国的孩子，加上那时候很多家长觉得取主席的话做名字和主席给取的名字也差不多，我和谨就老是遇着跟自己同名同姓的人，都习惯了。比如每升到一个新班，老师点到我们名字时，起立前会下意识地等一等，看是不是还有别的男生女生站起来。而且，从名字上看，我和谨倒是更像一对亲姐妹，只有健在一旁单着。

健可能因此而恨过我，我和她一块儿晚上上公厕，她一人携电筒先开溜，这样的事她干过好几回。殊不知我和谨一直都在羡慕健：有一个刀枪不入，不管放在什么年代、什么环境下都说得过去的好名字，对一个女孩的成长是多么重要！

我和谨在昆明工学院后山坡上荡秋千的时候，有一个人正背着她刚出生的小女儿，在一个叫渡口的地方，拼命也要“渡”回她的家乡昆明来。这个人是我婶婶，背上的孩子就是健。这渡口可不是一般的渡口，它就是今天的攀枝花市，黑鸟和我在1995年去过，一座因为无比狭长而廓大得叫人担心的城市，伴着一条名字好听却汹涌得不能游泳的金沙江。

想来健真是打小就四处漂流，生在渡口，长在昆明，上大学在济南。毕业时，因为不能抗拒想家的感觉，就又回到昆明，在那儿做一份不错的工作。现在，健的小家安在济南，她从那儿给我打很长时间的电话，说的普通话已经立竿见影地染上了鲁地的口音；她在网上给黑鸟发 E-mail，用的是英语。

黑鸟只见过健一次，他完全忘了健的样子。他让我用一些直观的词来帮助他回忆健，比如苗条、白皙，不高也不矮，五官端正，笑起来有一双长眼睛。我一边描述一边在想，我可以用一堆词来形容一个人，但一个人却远远不是一堆词。可是，当我们想念的时候，一些词确实得派上用场，才好一分一分地把想的那个人描出来。这些看不见、摸不着的词语和独一无二的人相比是多么不可靠啊，却成了我们承载过去生活的最后的依赖。

黑鸟闹不明白的是，一个女孩子的路，为什么会在极短的时间里在昆明和济南之间摇摆两次。我说这很简单，如果先前横渡的时候对岸是亲情，那么后来健连世博会也来不及看，一定要急着跑到济南去——这一次对岸是爱情。

我和健是张家两个出远门的女子。如果我们都不离开云南，我们交往的方式肯定不是这样。现在我们经常聊天，却从不见面；常常计划相聚的地点，是她来，还是我去。如果她来和我去都不现实，那么我们最终还是要一起怀念起老家。

叔叔的家最奇妙的是那两扇门，前门通向楼群、绿化带、水泥路面、灯光球场，后门一开，却是一片荒野景象，狗尾巴草、蝴蝶、蚂蚱、野鸭子。大天光下，谨一把拉开后门，在门外平台上亮起嗓子，能唱大段的《洪湖赤卫队》，唱时气势如虹，一招一式旁若无人，引来许多小孩围观。

我们常常谈起谨。这个喜欢和男孩们一块上房爬树的女孩，一直留在昆明，我们三人当中，她最早做了一个小男孩的妈妈。

就在昨天，健还在电话里央我回忆她母亲的样子，同样要求用一些简洁的词。原来不止我一个人漂流在词语的海上。叔叔现在的妻子不是她生母，她母亲去世的时候，谨和健还在上中学。

“最难的时候，”健说，我脑子里这时闪过横渡报道里关于冲过激流区的片段，“我姐在昆明给我爸盛饭，我在济南的学校里溜冰，我们忽然不约而同地自言自语起来。”

2000年8月

如花似玉如医生

如果你看见这个标题会理解成“是医生都如花似玉”，就彻底误读了我的意思。

戴望舒说过，“妻如玉，女儿如花”，那是对妻女中极品的一种概括，有这种妻女的男人，也不知道是哪世修来的洪福，能够这么专美于一身。那么再来看看如果是为人父，父亲中的佼佼者又该如什么呢？诗人望舒并没有给出答案，但我想一定不会如诗人自己。以诗为业的人，少有给世人留下多少好父亲印象的，但求不要动辄殉诗殉情、杀妻弃子，只把寻常日子安安稳稳过下去就好。

可是真的有一种职业，容易将男人成就为好父亲，否则我也就不能够接二连三地旁证下面要讲述的这一类故事了。

我那些散在天南地北的朋友里面有几位是医生的孩子，他们彼此之间从不认识，可是命运却认得他们，命运好像在说：“别装了，你不就是医生的孩子吗？”

是的，医生的孩子多少都有些相似，因为他们实在太受呵护——身体之外，雨天不能淋到一滴雨水；身体之内，该打不该打的针水却一滴也不能漏掉。他们苍白、早慧，神情疏远，苍白是因为从小青霉素注射过量，又总在第一时间接种卡介苗。早慧么，可以理解——连家里的鸡都吃多维钙加鱼肝油；在挨近太平间的生活区，各种版本的鬼故事他们听得太多。至于给人疏远的感觉，那无疑是家里大人扎针又准又狠，而且波澜不惊面无表情，他们成天躲在大人身后窥看，早就耳濡目染参破了玄机。

奇怪的是医生的女儿们似乎一律地光瘦不胖，因为她吃的东西叫作营养不叫作饭。她们心里可能从来都比别人多一重保险栓:“我就是不吃饭又能怎样，我不是还可以吃药么?”一般说来她们比较爱学习也爱留长发，气质出挑，似乎过早地显示出注重精神生活的倾向。如果你不幸请她们当中的一位共进晚餐，你就不要怪她们光是笑笑地抿着嘴看你吃，因为在她们看来，任是什么美食当前，外交礼仪总要高过口腹之欲。是的，她们惯于以参加外交活动的审慎态度赴每一次朋友间的聚餐。

我的两个女伴都是医生的千金，而且家里都是清一色的几朵姐妹花，不明白女孩子为什么喜欢赶着约着、花团锦簇地投胎到拿手术刀的男人家里。女伴甲冬天常常会冻脚，一夜都暖不过来，父亲的办法是在爱女睡前钻进她的被窝，用自己的体温为女儿暖被半小时，长此以往，一直坚持到女儿上大学为止。我问:“为什么不用热水袋?”回答语焉不详，我立刻觉得自己问得很蠢。正是这位父亲，长年在女儿国里熏染成了对时尚感觉异常灵敏之人士，所以现在阿甲每每购得新衣，总是第一个征求父亲意见，以使自己保持优雅不俗的品位。而这位光荣的慈父，已经白发苍苍。

女伴乙洗完头马上要上学去，旁边有小女同学在等着。只见医生父亲用一条干爽的毛巾很是仔细沉着地一层层揭起阿乙的长发，不紧不慢地一点点捻干上面的水珠。那时的我真不知道像这样养女儿实在是一件十分受用的事，只是在很久以后读到一个词叫作“护花使者”，脑海中马上跳出当年这一幕。我爸是另一型的，因为不会帮我梳小辫，跟常常需要带学生去野营拉练的我妈合谋，让我终年理着中性的运动头！唉，我爸是地质工程师，他不是医生。同学间偶有议论，说阿乙她爸那双手养得细细白白，除了管开刀和给阿乙梳头，好像什么也不用做，去她家常能看到她妈大桶大桶地从楼下往楼上家里提水，或是拉开架势在修家里的电路。

偏偏那时有个日本电视连续剧《血疑》，山口百惠和三浦友和在里面演幸子和光夫。幸子她爸大岛茂就是个医生，哪怕有光夫这样一位青春偶像在旁边比衬，依旧光芒四射，魅力过人，让一党小女生的心像小兔般狂跳，第一次，为的是这样一位持重稳健，非常有责任心的中年男士。那年头谁家有做医生的父亲真是现捡了个大便宜，女孩子们会在心里拉过大岛茂来就往他身上套，只差没把他女儿也想象成白血病患者。那一场戏在今天看来是作秀作过了头，可是在当年真是让医生出尽了风头，虽然没能把患白血病的女儿救回生天，可是，医生家里有爱呀，不是吗？救死扶伤作为医生的天职，在任何情感粗糙的年代也会唤起人们心中本能而柔软的一点温情，何况大岛医生救的还是自己的爱女？戏份空间真的很大。今天的小资一代早年就是受了这般爱的教育，觉得连医生家里的来苏水味，都是爱的味道。

如果医生父亲养的是儿子，那情形也很好看呢。

最负盛名的一位当推明。明的父亲当时是乡卫生院院长，这位院长父亲十分宝爱自己的长子明。爱的理由如此强大，以至于父亲会在应该接种健康疫苗的第一时间，携全套针具风头火势地赶往明的学校。高中生明就这样在一个平常得引不起任何警惕的日子里，被慈父的一声轻唤哄出了正在上课的教室。就在那个有着很多窗户的乡级中学旧楼的走廊上，在午后的阳光下，不知深浅的傻小子明惨遭命运的一次伏击：明父以迅雷不及掩耳的超级专业速度，一边扒下儿子的裤子，一边手起针落……

那一瞬间如此卓绝，凸显在很多人记忆的底片上，看得所有他暗恋或是暗恋他的女生全体花容失色，真是满地落红无数呀，不知道哪些是哀其不幸，哪些是怒其不争。他苦心经营多年的男子汉光辉形象，就这样轰然崩溃在一团白光光的臀色里，令人从此轻看："还以为他有多拽呢，到底是他爸的小兔崽子一个!"要知道，少女的心，天上的云，没任何来由都还要变，更何况有这么大的一场变故，那真是立刻就可以把一颗心喂上剧毒的。

这样一种强势的、富于侵略性的爱，必然给成长中的父子关系带来问题。相比之下，上面说的父女关系就和谐而其乐融融多了。还是祝天下的医生父亲都生女儿吧，如花似玉如医生，是一家三口的最佳组合。

2002年

法国洋房里的秘密

老六张立宪写过一篇文章说："好像我一生下来，脑门上就刻着两个字——糟啦！"关于自我和世界的关系，那是我听到过的最为精辟的告白之一。

套用他的句式，我生下来时脑门上刻的应当是三个字："我相信！"没错，我那时满心满眼都是好奇，人说黑我信，说白我也信，恨不得听完以后还缠着人家：求你再说点什么嘛，说了我还信，说什么我都信。

就这么个孩子，扔孩子堆里也常常上当。那年春节可算是糗大了，当时我在外婆家。外婆家住的是法式公寓楼，在云南有很多那样的房子，以至于我那会儿在画报上看见青岛的德式洋楼，也要大叫："法国洋房！"以为"法国洋房"是所有洋房的统称。闲话少说。我当时正和小琪一起藏在窗帘和窗玻璃之间的很深的窗台上，小琪是外婆家的小邻居，她二年级，我学前班。我们俩躲在窗台上互相讲了一下午的故事，大人也没察觉。

那是除夕的下午，小琪神秘兮兮地告诉我说："你知道吗，小傅叔叔的床底下有个洞，拿块石头在洞口敲敲，里面就会滚出好多珠珠来。”

她说的小傅叔叔是我舅舅，珠珠则是当时个旧小姑娘们特别着迷的一种塑料玻璃小珠子，芝麻绿豆大小，五颜六色，色彩饱和度还很高，由珠珠厂做出来，供乡下的少数民族男女买回去做配饰。至于城里的小女孩，珠珠是拿来收藏的，谁的珠珠多，穿的珠串长，谁就最牛。

“瞎说。他是我舅舅，为什么不告诉我只告诉你？”在开始相信之前，我挣扎着问。

“你忘了，小傅叔叔正跟我小姨谈朋友呢，这个秘密是我小姨告诉我的。她还说，不告诉你是因为怕你把珠珠都拿走，就没我的份啦。”

天哪，原来一个巨大的宝窟就藏在我自己家里，我好像都听见了洞口在敲击下发出的铮锹之声，感觉到那些珠珠顺着某种神秘的坡度，一颗接一颗滑入我的双掌。如此美妙神奇的事，竟然出现了在一旁虎视眈眈的外来竞夺者，我的心都快提到嗓子眼了。那时刚听过《绿野仙踪》的故事，知道多萝茜就是因为不肯藏入地下的洞穴，才被龙卷风带走的，因此对一切洞穴传达的魔力深信不疑，恨不得立即站起来跑去查看。可是小琪这个小魔女一把拉住我说：“平时不灵的，一定要除夕夜不睡觉，趁大家守岁的时候，一个人去敲才灵。”

好吧，我暗下决心，今晚一定不睡觉，一定抢在小琪前面去敲洞探珠。为了回报她说出这个天大的秘密，我也编了一个故事，说我手里的玻璃小象，其实是舅舅用冰雕成的，为了防止化掉，他还在上面涂了一层自己实验室里配出来的神奇药水，如此这般。小琪显然不信。

那年守岁特别热闹，全家席地坐在厅里铺得厚厚的松毛上，大人聊天小孩子乱滚。松毛么，就是按云南习俗年前从山上采来的碧绿的松针。等到掌灯时分饭菜端上来，琳琅满目地摆满了一只权当饭桌的篾制大圆筛，大人就开始推杯换盏，小孩玩得寡淡了也凑上去讨一口酒吃，酒香菜色和着松香和人脸上的喜气，真不知天上人间，今夕何夕。

就这样守到半夜，才有人想起来，说是黑米不见了，又说黑米这孩子今天不知怎么害了酒疯，来讨过好几回酒吃。最后不知是谁在床底下找到的我，抱出来的时候，睡得正是酣沉。隐约记得自己一直庆幸小琪没来串门，然后借着酒胆钻进了黑黢黢的床下，想掏兜里揣的那只小象去敲那个洞，还没来得及找到洞口，小象先没了影子。

第二天，小琪她小姨敲开门就冲我舅舅说："管管你们家黑米吧，害我家小琪啃玻璃!"

2002年

我们的小饼干

那是毕业十年后的一次聚会，房间里，有阿蓝、班长松、“蛇娃娃”、老师和其他几位同学，只有阿蓝曾经心仪的那个他，外号“老吉他”，此时并未现身，听说一周前刚随医疗队去了海啸灾区。大家嘻嘻哈哈，就连一向严肃的老师，脸上也露出了从未有过的、成年人之间才有的包容和友善。趁着兴致，班长松出了一道选择题，请大家在小橄榄、小蚂蟥、小饼干、小铃铛这四样东西里，选出最贴切的一种，来代表少时的爱情。

经过七嘴八舌的讨论，最先遭到淘汰的是“小橄榄”，大家一致认为，用这个酸酸涩涩的东西来形容初恋，太落俗套，太没有想象力；继而是“小铃铛”被剔出来——初恋那么微妙而敏感，只有傻瓜才像铃铛一样四处张扬；然后轮到“小蚂蟥”，好几个人逼问松，为什么要把叮人而吸血的“小蜜”形象拿到这里来充数；最后只剩下了“小饼干”，大伙儿眼前一亮——没错，就是它了——薄脆而可口，又不是正餐，寂寞课间点点心，香气飘啊飘。

醉翁之意不在酒。松亮出了他的第二个题目：如果把少时的爱情比作小饼干，请谈谈你和它的关系。

“我先说，”第一个跳起来踊跃发言的是全班最小又属蛇的“蛇娃娃”，这家伙不改一贯的活蹦乱跳，继续充满动感，“我的饼干么，嘻嘻，当时就吃掉了。”当年那个偷偷翘课跑出去跟隔壁班里的小男生逛动物园的“色（蛇）娃娃”，曾经是全校早恋的典型，被老师信手拈来谆谆嘱咐大家：不要在五月就消耗了美丽的夏天。

第二个开口的是班长松，这个从小就显示出担当能力的面色黝黑的男人，说起话来依旧那么四平八稳：“我么，大家都知道，饼干速冻的干活，几年后才解的冻。”好一个“速冻饼干”，多么准确的诠释！想当年，松和女团支书的那场轰轰烈烈的恋情，经过老师的批评教育，终于悬崖勒马。双方直到都考上了名校，才手拉手走到了阳光下。

后来发言的几个同学都说了些什么，阿蓝听得稀里糊涂。她只是慌。我能说些什么呢？她想。跟别人一样，也说我的饼干被痛痛快快吃掉了么？这显然不是事实，我和他连一句话也没说过。那么，说我的饼干还在？可是已经过去很多年了呀，如果饼干还在，也早就不新鲜了——不用说，这一定是当晚全场最为可笑的一个答案——况且同样也不是事实，我这块饼干确实已经找不着了。那我到底该说什么呢？眼看人人都得回答，大伙那么想听，我不能给出一个无趣的答案啊。这么想着，阿蓝竟然好像又回到了从前，变成了那个害怕在课堂上答不出问题的女孩，局促不安地等着所有人来人赃俱获地审判她和她的小饼干。

最后，阿蓝想了想说：“我的饼干先是摊在烤箱里，在湿而薄的面皮上用长长的刀子切成小方块，再烤干。因为是自己做的，一直舍不得吃，揣了一块在衣兜里。后来才发现，饼干一点点碎掉，撒在路上了。”说完，阿蓝把一只衣兜翻了个底，很是潇洒地扬了扬灰。

在暮色里你拍我打互道再见的时候，松悄悄对阿蓝说：“所有答案里，数你的最动人。这下我可以向‘老吉他’交差了，题目是他出的。”

2005年5月

透明的日子

1978年，我在个旧上小学三年级，个旧是北回归线上的一座边地城市，那儿是我的老家，除它之外，我当时还没在别的城市生活过。所以我的1978年，彻头彻尾装的是关于老家的回忆。就像一滴水，从里到外，纯净而透明。

那年中越边境已经很吃紧了，城里来了许多解放军，将近半年时间，我们大院礼堂成了某部某连的营房。上前线之前，要强化学习一些简单的越语，于是许多南腔北调的阳刚的声音便合在一起，按照教官在小黑板上标出的中文注音整齐而大声地反复念："空雷洞（不许动）……葡萄有根（缴枪不杀）……"我每天放学回家，常有一种强烈而奇异的感觉，觉得像是到了庙里一样。很快，军民鱼水情就有了活生生的范例，好几户人家都有了固定往来的战士朋友——按当时最流行的叫法是"最可爱的人"。

常来我家的那位姓饶，像我爸我妈一样，是人堆里笃定而话少的那种，真是物以类聚。饶叔叔是军人，来我家吃饭得向部队请假，对我家来说，这种交往便有了一些不同于一般老百姓吃吃喝喝的新鲜感。比如他送我印有彩色光漆图案和“好好学习、天天向上”字样的铁皮文具盒、成打的铅笔、各种形状的香味橡皮擦，还有描写老一辈无产阶级革命家们青少年时代的故事书，全都是崭新的；我则回送他红领巾——特落俗套，可那会儿我真是打心眼里觉得再没有比这更崇高、更美好的礼物了。又比如我们全家约他去市里最好的照相馆合影，背景当然是最最庄严的北京天安门；大人站后排，对前排的小弟和我形成拱护之势。

能和解放军叔叔合影留念，我和小弟都颇感得意。区别只是五岁的小弟爱咋呼，这下在小朋友那里又有了了不起的谈资；我呢，学习好，还是班长，当然不能像小弟那样喜形于色，什么事都存不住。隔壁燕子比较大方，经常去营房给解放军叔叔唱歌跳舞；我不同，我只是在小弟去看他们擦枪，在那儿顶着人家的大军帽疯来疯去，还赖着不走的时候，才借着去拖疯弟弟回家，顺便去溜上一圈。那时我识字比同龄孩子多，已经在偷着看《青春之歌》了。从他赠书的工整题款上，我知道了他的名字，叫“饶学周”。原来如此，学习周恩来，多么纯洁的志向，令人不由得肃然起敬。我当时这样想。

部队开拔前，我家给他饯行。他照例跟大人们说许多话，他是他们那一辈的人，当然不会理会我和小弟那不分时间场合的小玩闹。吃完饭，他逮了个空子悄悄对我说，要我帮家里带好小弟，等小弟上了学，要我帮助他学习。我觉得有点异样，心也莫名地沉重起来。我不习惯他忽然起了变化的说话方式。最后他说，以后别再喊他“饶叔叔”了，就叫“哥”吧。我只是听他说着，没吭声。

仗打得很激烈。他们团凯旋时爸妈要带我们去附近的驻地看他，小弟欢天喜地，我却说什么也不肯去，从此便再也没有见到他。听说他负了伤，立了三等功。

大约一年后他来过我家一次，我在自己的隔间里拉上了布帘，隐约听见他和我父母在外间聊着什么。天知道，躲在帘子后面的我是多么不安、多么无地自容啊。我忽然很担心他们谈论的事情会不会波及我的命运，心头甚至掠过一阵一阵的惊悸；我也在深深地责备自己：我居然不见客人，我才多大居然就懂得拉帘子了，这下让他们全知道了呀！可是他们又真的知道些什么呢？就连我自己也不知道……

算起来，那年他应该是十七八岁的样子。许多年后我长大成人，在外面嫁了个先生，比他年纪大。

1998年

春天的故事

春天总是有春天的故事的，春天的故事这次跟“掐”有关，不是掐花，是掐人。

有个姑娘背着个孩子，姑娘是恋爱中的姑娘，孩子是老师家的孩子。姑娘梳着两根半长的小辫，辫梢是那年最时髦的绑法，不露刷子，全部编好卷进去那种。孩子趴在姑娘背上，觉得姑娘因为天气转暖刚刚换上的粉绿色的确良衬衣很干净，觉得在初春呵气一样的小风里，姑娘身上有一股她喜欢闻的香味，这香味妈妈身上没有。

姑娘侧着头，跟孩子絮絮叨叨说着很多话。这三四岁的孩子是个小人精，什么都听得懂，小嘴什么都会说，背到外面来玩，逮谁叫谁，从不用教，长幼辈分绝不弄错。外面人就夸，这是谁家的孩子呀，这么机灵。姑娘就说，是我老师家的，她妈妈十八岁就当老师了，我是她教出的第一批学生。说的时候很是炫耀，流露出一种多年师生成姐妹的亲昵。

孩子白天赖在姑娘背上，晚上跟姑娘一起躺在她的床上，那床干净极了，也有着和姑娘身上一样的香味。姑娘有姑娘的心事，姑娘的心事孩子不懂，孩子只觉得姑娘真漂亮呀，跟她躺在一起，就像跟电影《杜鹃山》里的柯湘阿姨躺在一起一样。

多年以后，青姨女儿都有她当年那么大了，我回老家见到她，她说“黑米当年最懒，趴我背上怎么也不肯下来”，“不过黑米认字多，满大街念标语，我故意念错几个字考她，错一个她就掐我一下，掐得我脖子上一道一道的红印”。青姨几年前离婚了，说什么也要离开文叔，其实青姨、文叔都是好人，但青姨的倔脾气加上文叔的小错误，两人从此说分开就分开了。

西方一些国家在每年3月17号这天都过圣·帕特里克节（St. Patrick's Day），这是爱尔兰传统节日，人们会在这一天里穿绿衣服巡游，喝绿啤酒，互赠三叶草，纪念一位不惧艰险重返家乡的圣徒，同时也迎接春天的来临。那情形，大概相当于咱们孔老夫子说的“暮春者，春服既成”吧。有趣的是，那边的父母家长在这个节日里不能忘记给自己孩子换上一件绿衣裳，哪怕绿帽子也行啊——外国人也没咱中国人这忌讳——反正身上总要挂点绿，要不然你就等着瞧，哪个孩子不穿绿衣、不遵习俗，班上的任何孩子都有权利上来胡掐他一把。

皮特是我朋友的小儿子，在美国上小学二年级了，他悄悄对我说，那天过节他专门不穿绿衣服来着，妈妈给他换的那件绿外套，他出门就脱掉了。那是因为他一心盼望着，班上那个他最喜欢的女孩子，能伙在同学堆里，上来哪怕轻轻地、轻轻地掐他一下也好呀。

2006年3月

那年夏天

1975年夏天，我不到七岁，在云南某部医院做扁桃体切除手术。

我一小老百姓，是怎么混进部队医院的呢？这得归功于我三姨。三姨那时二十出头，苗条健美，落落大方，是厂里的“厂花”兼女篮队长，打比赛时认得了该部队医院的一个政委，政委一句话，我就住了进去。

这家医院女病房不多，床位紧张，家里大人一商量，我就稀里糊涂跟着我那专门请假来陪护的老爸，住进了男病房。那是个大病房，一屋能有七八号人吧，回想起来，都是负伤帅哥，有包头的，有裹腿的——当时边地也没什么战事，应该都是训练伤的。

男病房住进一个小女孩，自然引起不小轰动，但我那时懵里懵懂，不知为啥来到陌生环境，自己还突然很受宠。部队医院，一切井井有条，除了医生的白大褂、病人的白床单，顶多就是病号服、绿军服，再有就是洒满一屋的阳光。橘黄色的光线朗照一整个上午，房间里的人出去了一半，有大兵哥哥安然倚着被垛看书，有护士姐姐步履轻捷地前来给药、换药。当中也曾有过小女孩全然看不懂的情意弥漫、你侬我侬吧，总之现场笼罩着一种轻言细语的沉静之美，令小女孩昏昏欲睡。

跟家里人去过那个政委家，政委的女儿和三姨一般大，梳两把小刷辫，那时头发也不兴烫染，黑油油的。在透过正午阳光的竹门帘后面，她手捧一本字书（那时管大人看的书通通叫字书），正在娴静地看，见有客人来，款款站起身，把客人让进门，白衬衫扎在军裤里，露出好看的腰身。跟我三姨比，她不大爱笑，喜欢定定地看人，眼仁跟头发一样黑。不知为何，我对这位阿姨很有好感。

手术完毕，我感冒咳嗽感染了伤口，在那儿休养了一个多月，凭空多了一段淘气玩闹的时光。从这床蹿到那床，缠着人家奄奄一息的人讲故事，讲不出就乱揪人家耳朵，这种事我经常干。往小里说是游手好闲，往大里说，调戏了多少现役大男孩，连我自己也记不清了。我爸跟快出院的大兵打牌，我就在旁边看，看着看着就有人教我玩。小猫钓鱼学得最拿手，还学会了一种牌叫作“抽乌龟”：先藏起一张牌，剩下的牌大家轮番摸，然后再轮流互相抽牌，手上的牌，一旦配上对子，就可以一对一对翻扑下来，最后单着的那张牌，栽谁手里谁就是乌龟。我学人家四川、湖南、东北各地南腔北调的口音，耍赖不当乌龟，人家回回都让着我，装傻把我手里那张“乌龟牌”抽了去。

出院那天，大伙逗我表演节目，想来想去，想起当时正流行的一首歌特别好听，叫《沂蒙颂》，就郑重地背着手，呀呀地开始唱：

蒙山高，沂水长，我为亲人熬鸡汤。续一把蒙山柴，炉火更旺昂昂昂，添一瓢沂河水，情深意长……愿亲人，早日养好伤，为人民求解放，重返前方，啊啊啊，重返前方。

唱一遍居然没获通过，又唱一遍，再唱一遍……不知总共唱了多少遍，隔壁病房的病号和正在值班的医务人员越围越多。唱到后来，好几个医生阿姨、护士姐姐当场泪奔，我还不知道自己挑的歌，用今天的话说，很是“应景”。孩子的世界无所用心，不知不觉歌就唱完了，人就唰唰感动了一大片。

走的时候，送行的队伍很是壮观，十几二十号人呵护着、簇拥着，有医务人员，也有军人病号，走出住院部，走上林荫道，在廓大的部队医院里一直走很远很远，送出医院大门……这大概是我那当年还都年轻的爹娘小两口始料未及的事。

2008年3月

吾师小忆

几天前收到张勤文老师寄自老家个旧的一本书。张老师是位颇具艺术气质的师长，中学时教过我美术。他的公子海笑与我同班，生人乍一听，会以为“海笑”是“海啸”，不过所幸海笑是“海笑”而不是“海啸”，否则，成天望着大海长啸，气势是有了，人该多累啊！相比之下，还是望着大海笑来得更豁达更有胸怀。海笑如其名，话不多，爱笑，眼尾在眼镜背后笑得细长细长的，长大后也当了老师，想必是位和善的老师吧。

张勤文老师这本书叫作《悠悠沧海》，是他的个人诗文集。很可喜的是，我在其中看到了很多故人、故事。书是云南美术出版社出的，装帧不花哨，封面上张老师的肖像呈现的是黑白木刻效果，说实话我第一眼看成了他在拉琴——教鞭变成了小提琴的琴弓，可见我说的关于老师艺术气质的话，其言不假。老师那一代和聂耳等云南籍知识分子一样，颇得五四人文精神的一脉相传，理想主义色彩早已深入骨髓，染于内而形于外。最具标志性的是那抹额发，它是年轻时甩一甩就可以去参加征粮队的意气风发，是成年后在人生境界和艺术追求上的我行我素，也是老师一生不变的形象标志。

回想起来，小学时学的美术多半是依样画葫芦，镰刀斧头大南瓜，老师给啥就画啥。真正开始学习色彩与明暗对比、空间透视，还是从张老师授课开始。在他的课上，我们画过水彩画，出去写过生，画过速写。记得我的野外田间水彩画还算差强人意，写生时画的树，却实在是不得要领，老师明明说了不能有“十”字形树枝，我偏有，知其不可为却不能避免，很是郁闷；而且树枝还能画得上粗下细，呵呵，糗事不提。最震撼的是，有一次张老师他们美术教研组在教学楼天井的侧厢房举办过一次画展，说画展，其实是展出一些世界名画图片，给当年资讯来源非常有限的年轻学子一点启蒙和熏陶。就在那次画展上，我第一次看到法国画家德拉克洛瓦那幅《自由领导着人民前进》，那带头冲锋冲得上半身完全裸露而不自知的女主角，令一党青春期少男少女好生脸红耳热，心似鹿撞。

书里看到袁绍虞、张文仲二位老师的故事。袁老师和我共一个祖籍，是素有“文献名邦”之誉的云南省石屏县，其祖上是云南省第一个状元、清朝经济特科第一名袁嘉谷。袁嘉谷十二岁习字，初学欧阳询，后学王羲之，又兼学米芾、颜真卿、褚遂良，自创一体，其书法笔力坚韧，气势刚健，被称为“袁家书”。袁绍虞老师教了我三年初中英语，身板笔直，玉树临风，写得一笔好字，踢得一脚好球。踢球是我父亲那一辈的印象，说袁老师曾在个旧一中最早的大殿里拿小皮球当足球踢，那大殿后来拆了，在基座上建起了新的教学楼，就是我上初中时的教室。楼的正面，“个旧一中”四个大字笔饱墨酣，正是出自袁老师手笔。母校现在迁了新址，改了校名，不知这几个大字是否还在，哪怕不在了，也一定还留在数届一中学子心底的记忆中吧。记得那时袁老师用他的字奖励过英语学得好的学生，一次期中考试下来，班里前十名都得以上台亲领了老师的墨宝，我得到的那一幅尺方，写的是陈毅元帅的诗：

接班望汝等，
及早作划筹。
天地最有情，
少年莫浪投。

这字经过装裱，配上镜框，至今仍挂在我家客厅里。可是不知为何，我还是喜欢小梅得到的那幅“梅花香自苦寒来”，虽然她名次排在我后面。我却真心真意地觉得，那才是跟女孩子家家很相衬的诗句呵！

那时正值八十年代初期，全社会充盈着一股把失去的时间夺回来的浓郁的求知气息，我们上学路上常听到中央人民广播电台播放王洁实唱的歌，在当时那些励志歌里，旋律最优美：

啊，年轻的朋友，
生活的脚步，
似行云水流，
生活的道路，
靠我们探求，

探求，探求……

莫叹息、莫停留，

拨动那爱情的心弦，

扬起那希望的风帆，

趁风华正茂，

莫让年华付水流！

原来张勤文老师也是袁绍虞老师的学生。袁老师最后得了绝症，张老师专门赶到他家去，“有生以来第一次跪在地上行了大礼”，这番大礼，献给自己多年的师长兼同事，足见历经多年世事仍然不能淹没的赤子之心，令人不能不对这样的人间情谊动容。袁老师走了，以前出去旅游常像书童一样帮袁老师背竹烟筒的张老师有点伤心。叙述里，两位老师的形象都很鲜活。

张文仲老师，教过我的初中化学。这是位有着私塾先生气质的人物，能把化学口诀改良成朗朗上口的三字经那种。我最后没学理工科，但一直记得他操着一口云南建水腔教的口诀：

H 是氢，O 是氧，

分子中的原子结成双……

像这样把化学元素周期表开篇就整成鸳鸯蝴蝶派画风，而且毫无违和感，只有我们张文仲老师可以做到。张老师急起来会骂人，学渣级待遇比如“小背时鬼”“小挨刀的”，点着额头敲着桌子痛心疾首地骂。严师出高徒，后来在张老师指引下大学主修化学专业的那几位小伙伴，几乎清一色闷骚文青范儿。

氢和铵根钾钠银，

亚铁钙镁钡铜锌……

这段全是冷冰冰的金属，说的啥我全部忘了个精光。感觉文仲师实在应该去教教古诗文才对，他为活跃课堂气氛模拟旧社会小贩的叫卖声——

舒——筋抹背揉肚子！

多么的活灵活现！

据说退休后的文仲师变成了孩子们眼中的“风筝爷爷”，他像做化学实验一样钻研做风筝技艺，非常之精益求精，风筝从个旧放到昆明，从云南放到北京天安门广场，再放到“风筝之乡”山东潍坊。他的健康秘籍是每天喝自己用建水瓦擂臼做的“老妈妈汤”，连汤带渣地喝，师母周英老师（教过我弟弟小学语文）见证：如此养生，让文仲师活到六十多岁，还未打过一针呢。

张勤文老师这本书里配了许多照片，从其中勤文师与学生的合影，正好看到了海笑及其他与我同届的男同学，大概因为这位老师既是同学父亲，为人又和善，合影的学生便多了几分无老无少的无拘无束，牛高马大地把张老师合围在正中，以至众人头顶形成耐克式弯钩弧线。呵呵，那时的穿着发型，堪称经典。

还有一张照片，是张老师“敲冢震鬼”的，造型颇为奇特。勤文师在腾冲国殇墓园，骑在倭冢上，用一支竹棍猛敲座下日本侵略者的亡魂……云南腾冲，是抗战期间中国军民从日本占领军手中夺回的第一座城市，值得大书特书。

最后更正一下，我在孟涓涓《我要让我上北大》一书的序言《心灵自理，创造奇迹》里，提到过一首歌，歌中唱道“阴山巍巍、金湖悠悠”，描述的是我母校个旧一中的美丽景致，当时被我当成校歌来介绍了。这次勤文师来信唤起了我的记忆，不是校歌，是张勤文老师自创，当时是为了参加一次歌咏比赛，他边教同学们唱这首歌，边介绍他上中学时学校如何提倡“男拳女舞”，就是男生都要学习打泰拳，女生都学跳民族舞——着实令人产生“生不逢时”的向往之感。

2007年12月

流　逝

刀妹今天带来一个坏消息：她不行了，癌症已经到了晚期，完全靠打营养液杜冷丁维持。

刀妹说的这个她，是我另一位中学同学。之前她过得怎样，是怎么突然就不行的，我一概不知——有些同学是毕业后就失去联系的，她就属于此列。我和她似乎同过班，又似乎没同过，对了，她是学文科的，那么就是同过两年了。我一向引为自矜的记忆力也开始剥落了。

她姓的是一个很有棱角的姓氏，脸跟她的姓一样，一点笑容都不给。刀妹说，圈子熟的话她还是爱笑的，还能说一些让爱玩的小姐妹们听了都脸红的脏话。我其实是见过她笑的，她笑起来似乎满口的四环素牙，能让同龄人产生很多亲切感的那种，但我没听过她说脏话。我和她关系的远近可想而知。

她家那个小区和我家挨着，因此我们上学和放学可以同一长段路。但我们绝不是搂肩搭臂呼朋引伴一起上学、放学那种，现在我想起她来常常是街对面投过来的一瞥，是的，我们在两边走，中间隔着一条街，就像隔着一条河。我们好像会不经意地瞥到对方的行迹，我们那时都已经戴了眼镜，通俗的说法，就是两个人，有八只眼睛——却没有哪一只看见对方。偶有过或远或近的对视吧，对视的时候，她好像是生气的，她真的生过我的气吗？至少她是青春期敢于高张怒帜的那一款吧。也仅仅是画面的印象，没有语言和声音。

刀妹说，她其实已经病了不短的时间，病后也不吱声，不哭不闹的，静得可怕。安静，在这里犹如空寂的永恒之漩，就地发出轰隆的怒吼和咆哮。而她只是在这个漩涡边喃喃自问：怎么会这样？好日子才开始呢。

沙场秋点兵。不知怎么我想起了这句，岁月就像急急的鼓点，快得形如闪电，快得来不及，来不及认识，来不及相知，来不及爱和恨，来不及开始想要的开始……甚至来不及悲伤和纪念。此生的我们，还要有多少不是悲伤的悲伤，有多少濒临褪色的纪念？

要命的不是这个年纪绝症已然来袭，要命的是流逝。而安静，竟唤起微茫人生里的一点尊严之感。静穆之中，岁月深处忽然重新成像：在我们都相邻的一个厂区大院里，我远远见到过她打羽毛球，打球时的她很能欢闹，她和家人在一起，她是家中最小的。

我和她之间的距离，让我可以不去看她。我不要看多次化疗后瘦成脱形老太的她，她还是当年那个她，永远的中分长发，发际低平的青春少女，梳麻花辫时会让人惊艳。

记忆还如此清晰，人却将绝尘而去。[①]

2014年11月21日

---

① 文中患病的同学已于2014年12月2日仙逝，闻之无以言表，谨祭上此文。

“在得一堆”

爸从浙江调回来的第一个工作单位，叫作农村公路小组。那年头，从中央到地方，很多机构都叫组，最著名的当然是“中央文革小组”了。当时的市交通局有三个常设机构：政工组最神气，成天搞运动，颇有掌握着众人生杀予夺大权的派头；办事组相当于今天的办公室，在领导身边处理内务勤杂；生产组属于业务组，在当年专家靠边站、“白专道路”动辄挨批判的大环境下，属于不太重要、比较边缘的一个组，而爸所在的农村公路小组，正是该生产组的一个部分。

爸他们小组当时的工作地点，在贾沙乡。当时乡里要修一条通往克勒村的道路，通过民办公助的办法，由生产队提出修路的诉求，爸他们这个小组就下去勘测，继而向局里提出立项；立项通过了，就有了后面进驻该地设计施工的不算短的工作历程。现在贾沙一带已开发成远近闻名的温泉旅游度假胜地，可是在二十世纪七十年代，那里还是很穷的边远少数民族村落。

村里当时有个名人叫刘小孙，苗族。苗族为什么姓了汉姓，又为什么叫“小孙”，是他父亲姓刘，母亲姓孙吗？一切琐碎细节都湮灭在岁月层层叠叠的掩盖中，不得而知了。只知道他有一杆“毛主席发的枪”。毛主席为什么要发给他枪呢？因为他作为优秀民兵参加过二十世纪五十年代云南边地的剿匪运动，并立了大功。

剿匪有功的刘小孙，于是就拥有了一支公家奖励给他的半自动步枪，与这枪同时拥有的，还有一项专属特权，那就是子弹可以随便打，打完了又可以到武装部去领。也就是说刘小孙同志在举国禁枪、草木皆兵的时代，得到了组织的终极信任，把相当于枪会终身会员的稀罕待遇，轻松收入囊中。

刘小孙果然是配得上这份信任的。他牢牢地守着这支枪，除了用它打猎，从没让它伤过人。刘小孙是一名出色的猎人，有了这支枪的助力，就更加如虎添翼。爸他们下乡的时候，就吃过刘小孙用枪打来的麂子肉。

“万一他没看牢，让别人把枪偷了去怎么办？”我禁不住担心起来。

“没有这样的事！”爸说，显得我的担心有点多余，“乡亲们都知道那枪来历不凡，连摸摸的念头都不敢有。”

就这样，那枪和他的主人一起安稳度过了后来最乱的武斗时期，有幸没沦为荒谬年代的杀人武器。于是有一天，刘小孙迎来了他的一场讲用会。作为优秀民兵和劳模的刘小孙，一生有过不少次讲用会，但就这一次，以无与伦比的鲜活的印记嵌进了当地人的集体记忆。

在那场讲用会上，刘小孙公开了他老婆红杏出墙的事。

我们的刘小孙心里窝着火。别看他在人前风光无限，四处讲用，比别人多一杆枪的刘小孙，老婆却经常被别人拿去用。想想看，他心里的那股邪火，烧得该有多旺！

于是就有一天——活该有那么一天，刘小孙在打猎的时候撞见老婆和那男的在后山林子里野合。后山不是山谷，野合也不是野百合，生活远非山谷里的野百合，一切都不甚美好。野合者那厢春情荡漾，撞见者这厢春已灭绝。刘小孙此刻血脉偾张，分不清是激动还是愤怒，想着自己本来和眼前的女人是正牌夫妻，凭什么现在却好像成了局外偷窥的第三者？世界好像乱了套，该觉得耻辱的一对在那里胡闹，自己这无辜的人却在这里品尝着孤单失意的苦果，兀自羞愤莫名。

手足无措的刘小孙这时摸到了那支用来打猎的半自动步枪！几乎是被本能驱使，他即刻就端起了枪。要瞄准眼前那男人简直易如反掌，刘小孙顺势而为顺理成章地用食指扣住了扳机，在准星里看着那男人的后脑勺，越来越放大，越来越模糊……

事情的结果是，刘小孙那支枪，仍然保持着它不伤人的纪录，于是才有了讲用会上的刘小孙，接着用他那憨厚质朴、带着苗腔的汉话说道："开枪前么，我想起了毛主席他老人家的话：'吃得亏，在得一堆！'"一听这话，爸他们在下面就和全场的人一起呵呵乐成了一团。

"吃得亏，在得一堆"，这句本来是当地俗语，地方话连读，发音基本是"吃得亏，在得堆"。意为人只要肯吃亏，就能和别人搞好关系，大家一团和气。

"假的吧？"我用现在的思维模式，揣度当年的刘小孙，是否也要为了保证讲用的精彩，而不惜编故事。

“真的。他老婆有婚外情，大家都知道。”爸淡淡地说。苗族村子，即便在比较禁锢的年代，也有着多于汉族地区的行为空间。男女不伦，至少女方还不至于被轻易扣上“流氓罪”的帽子，抓去挂着破鞋四处游街。

纯朴的刘小孙，就这样用一句自撰的主席语录，在快要失控的关头令自己冷静下来，涉险过关。又因为少数民族地区政策宽松，他竟然没有因为冒充领袖发言而获弥天大罪，再度涉险过关。

爸最后说，苗族地区叫小什么、小什么的人其实挺多的；刘小孙是真名，比他大十来岁，要是活到现在，也是九十多岁的老哥了。

2015年11月

张家的两个春节

1947年大年三十，云南个旧某矿务公司职工宿舍楼，一年中最丰盛的一餐团圆饭已经热气腾腾摆上了这家的餐桌——有平时难得一见的石屏八面煎鱼、油淋鸭、汽锅鸡、酸菜扣肉、椒盐乳饼、炸干巴，还有香香的酥肉……好吃的荤菜都有点数不过来，这可馋坏了桌边先围上来的四个孩子。吃完好吃的，大人还要发压岁钱，完了还要出去放鞭炮，这么多好节目等在后面，能不着急吗？

老大阿豪还只是个八岁的小学三年级学生，然而在弟弟妹妹中间，这位长房长子俨然已经是个有些发言权的小大人了。此刻，他正冲旁边老太太嘀嘀咕咕发着小牢骚："阿婆，快点开饭么，再不开饭人都饿死了！"按常理，大人不言语，小孩是不能动筷子的，年夜饭更是如此。

老太太是这家的外婆，一位每月初一、十五两天必定要吃素的虔诚老人，这时口中正念念有词，听到这话好像略略吃了一惊，出声说了句"天地阴阳，童言无忌"，又接着慢条斯理忙她的正事。要那么快干吗？给祖宗上香、献饭，一年中除了清明、祖宗寿辰，就只有除夕这天才有比较庄严正式的机会了，心不诚行吗？自从她自己随女儿进城住了公房，比不得乡下房子那么宽敞，说堂屋不像堂屋，要香案没有香案，一切只能因陋就简，算是跟祖宗表个心意吧。这不，连香都只能插门槛缝里了，女婿是受新派教育的土木工程师，不敬鬼神，弄得太隆重，他会有意见。

这是我父亲儿时关于祭祖的印象，打着非常明显的大时代新旧变迁的烙印，当时，在门槛上插香拜祖宗的不止我们这家，在当地百姓家里很常见。

1984年春节前夕，父亲带着我和小弟，跟爷爷一起回石屏老家过年，依稀记得除夕黄昏的祭祖仪式是在家庙举行的，司仪是位旧式乡绅，一不留神还把当时的时间念成“大中华民国……”，甫一发觉又急忙更正为“大中华人民共和国”，可能是图省事用的现成老祭文。仪式完毕宴席摆上来，族中上百号人严格按长幼尊卑入席就座，我爸虽然在城里任点官职，回到家乡却因为辈分小，只能带我们两个孩子坐不起眼的边席。就这样，一家四口同回原乡原籍，只有爷爷一人有资格在正席和一干族中老人正襟危坐。

祭祖不光讲究时间，还讲究场所。在云南乡间，家庙和祖宗墓地是比较正式的祭祀地点。过年祭家庙，清明祭祖坟。简单一点，就在家里的正堂前置一张横贯左右侧壁的神龛，有成年人齐胸那么高，再在上面放上牌位和香炉，就可以焚香祭拜了。有意思的是，我看到的一只牌位上写的是“天地国君亲师”，比传统的“天地君亲师”概念多加了一个“国”字，可见近现代民主国家理念对民间文化的渗透和影响。云南虽然地处边陲，但历朝历代都有外来人口迁移至此充实边地，屯垦戍守，汉族村落追溯远祖，多半都是外省移民，仍然保持着与内陆发达地区一脉相承的文化传统，农耕为主，诗礼传家。比如我家，就是先从广东到的四川，再自川入滇的。

祭祖到了现在，多半没了以往那么隆重的仪式感，演变成了可以随时随地发生的内心自觉的根源认同。现代人背井离乡，有时还需要抛妻别子，在城与城之间公干穿梭，跟家人聚少离多是常事；还有人漂洋过海，更加远离了自己的本乡本土。哪怕过年团聚，花样繁多的节目也冲淡了传统家祭原有的象征意义。所以，说到对家乡的牵挂和对先人的怀念，很多时候，更像是一种心祭了。

2006年2月

椰子与《弟子规》

椰子就是这么个孩子，大人急，她不急。我今年回家过年，派发压岁钱的时候，椰子不觉已告别懵懂，只见她一把将红包拿过去："我瞧瞧有几张!"大人吃惊都还来不及，她就一边絮叨着，一边抽出来"一、二、三、四……"，呀呀地在那儿数。但这个从前懵懂的孩子现在好像也没清楚多少，大致数完就拉倒，银子不管有多少，一律上交——原来她只是把课堂上学到的关于数数的学问，拿到生活中来实际演练一番。樱桃小丸子数压岁钱的年纪大概是在小学三四年级，那是真的背着人认真数，数的时候只给人看后脑勺，多点少点，会跟姐姐比，会斤斤计较。我家椰子还不会这些，她只是一年级就长了三年级的个头，她正好梳着小丸子那样齐刘海的童花头。

语文老师给椰子他们班布置的课外作业是《弟子规》，椰子妈专门跑了一趟书店，按老师要求的版本把书买回来。奶奶看了很高兴，在电话里跟我说，现在学校里教小孩学老祖宗的规矩，那书里的规矩一套又一套，小孩子跟着多学点，还挺好。奶奶退休前是小学高级教师，只要看到孩子不荒废时光，有学习内容，就特别高兴。奶奶只是有点困惑："椰子妈帮椰子背书，只让孩子小和尚念经——会背就行，也不跟孩子好好讲解里面的内容。"

春节我回去，就把那本传说中的《弟子规》要来仔细翻瞧。椰子妈对椰子说："正好姑姑在这儿，赶紧让姑姑帮你背书，完成每天五行的假期作业。"于是我帮椰子背了下面这五行：

身有伤　贻亲忧　德有伤　贻亲羞

亲爱我　孝何难　亲憎我　孝方贤

亲有过　谏使更　怡吾色　柔吾声

谏不入　悦复谏　号泣随　挞无怨

亲有疾　药先尝　昼夜侍　不离床

别看字少，里面道理挺深奥。比如第二行"亲爱我，孝何难，亲憎我，孝方贤"，意思是说，父母双亲如果爱我，向他们尽孝心又有何难呢？可是如果双亲不喜欢我，讨厌我，这时候能向他们尽孝道，这个孝才是真的孝。我一边解释一边想，也许从前老百姓家里孩子多，五个指头伸出来不一般长，父母对子女的爱会有所偏重，有的孩子可能会因此受到冷落，可是现在，家家都是独生子女，每家孩子都宝贝得不得了，哪有父母不喜欢孩子的呢？这样的例子还真难找。椰子妈一边绣花一边说："你要是哪里不清楚，就翻后面，书里都有讲解。"

我这一翻，就翻着了"卧冰求鲤"的故事，不看不知道，一看吓一跳。可能我们这代人从小受的教育都比较强调无产阶级价值观，教科书编写组对所谓封建糟粕内容都高度警觉、自觉过滤了吧，我就迟至今天才来受这个刺激。这故事说的是晋代有个人叫王祥，早年丧母，继母朱氏为人刻薄，经常在王祥生父面前说王祥的坏话，久而久之，造成王祥父亲也不喜欢王祥了。可是王祥心地纯良，不以为意。朱氏喜欢吃活鱼，大冬天的，河面都冻上了，王祥就跑到河上，解开衣裳，想用自己的体温把冰融化，好捞河里的鱼给继母吃。河神被王祥的孝心感动，冰忽然化开，跳出一对鲤鱼，王祥高高兴兴地把鱼带回了家。

我仗着中文系出身，这文言文里的故事，可以一边看，一边就讲给面前的椰子听，心想也给椰子妈多少省点事。讲着讲着，觉得怪异起来，心里越来越别扭，还没顾上讲完，就赶紧急吼吼地忙着给孩子“消毒”：“什么烂故事，别听它胡扯，后妈这么坏，孩子还讨好她，这孩子根本就是委曲求全，扭曲加变态！拿自己体温去暖冰？北方的冬天可冷了，在冰上躺不到半小时，连人都冻成冰棍了，还求鲤？连求饶都没人理！”

“呵呵呵……”椰子妈抬起头来直乐，眼睛眯成了月牙。这母女俩的眼睛一模一样，区别只是大月牙和小月牙。我瞅了一眼已经关门休息的老人卧室，跟椰子妈悄悄合计：“小和尚念经就念经吧，把老师作业应付过去了事，这么雷人的内容，不懂比懂好。”

想想五四运动都过去多少年了，怎么鲁迅先生说的“吃人”礼教又回潮了？看来国人做什么事都爱一窝蜂，当年说坏就打倒孔家店一锅端，现在说好就什么都好一刀切过来，所谓流行的读经读成这样，如此不加区别判断，生吞活咽，还不如不读。小小读书郎，光是读个书就整得头悬梁锥刺股，古人编的类似故事实在血腥得很，吃人礼教还真不是吃素的。不过从对礼教的好恶也可以看出时代的变迁，那就是革命的年代教人反叛，和谐的年代培育顺民。

正好椰子妈那几天一直感冒，症状比较明显。我们就一起逗椰子：“你妈病了，《弟子规》上说，你要给她端药，她吃药之前，你自己要先尝一口，你还要不分白天黑夜，服侍你妈，一分钟也不能离开病床……”我俩一边说，一边偷笑：这哪是待的自家闺女，分明在发落一个小丫鬟。

“哎呀……”椰子嚷嚷起来，大声抗议，“你们这些人也是……怎么能这样！”小小孩终于被折磨到抓狂，她组织不起那么多辩解的语言，只能嘶叫着表达她童年的愤怒，潜台词是：书上说的就是书上说的嘛，你们怎么能当真呢？

谁说不是呢，其实人类在童年时代，掌握的都是原生态的真理。尽信书，不如无书。

2011年4月

有一个理由我就飞

阿基米德说："有一个支点，我就可以撬起地球。"

我说："有一个理由，我就能飞。"

只要真的想飞，这个理由就一定要靠自己去找，不能等着别人给予。很多时候，别人飞的理由，恰恰将你永远留在地面，所以别人给的理由不叫理由，就像靠人施舍的自由不叫自由一样。

十八岁离家上学以前我不能骑自行车，或者确切地说，我不能像别人那样骑自行车——骑行和下车我都会，但我怎么也学不会上车。上车是学车的开始，我既然不会上车，又怎能开始呢？可事实是，我跨上一部停着不动的"死车"就稀里哗啦地骑了起来，每次练车都这样。

擅长运动的老爸在一旁点拨："你要滑起来，不滑车怎么能够上车？"

"可我就是滑不起来，拼命滑也滑不起来呀！"我固执得像个左撇子。

"不可能！"一直在旁边抱臂静观的老弟发话了，"你下车的时候不是滑车是什么?”老弟一向活蹦乱跳，身体协调能力极好，这会儿更是心中雪亮。

“那不一样。”我困兽犹斗。

是的，只有我知道那种要命的感觉真的不一样，下车时因为马上就可以亲近地面，心态是踏实的，可是要让我滑着上车就好像让我去临壁千丈。如果自行车在那时真的变成了神女峰，我也绝不愿做那立在上面的神女，不，孤绝的兀立和瞬间的倾倒只在进退一念之间，而且能够预期的垫背是一堆冰凉而坚硬的乱铁——这种感觉太过玄乎，别说N秒，我连一秒也不想领教!

我常常私下在想：谁规定的，会滑车才算会骑车?我不是偷偷按自己的方式把车骑上街好几回了吗?至于安全，我不觉得自己四平八稳的上车姿势要比人家耍杂技似的样子承担更多风险。可是，四下望望，满大街的骑车人里，我的确是孤独的另类。

唉，瞧瞧我这样子，我简直成了家族的污点：我直接把车当成马，把马定住再上车，我的马是一匹木马；别人也把车当马，可人家那是活生生的烈马，要先抽一鞭子让它跑起来，再在运动中完成一整套潇洒、优美，带点流线型的上马动作，挺拔的身形，细腻的手法，这一切勾勒出甜美沉着的改革开放初级阶段生活，怎么看都不多余。

老妈说:“黑米，你和我一样，天生缺钙，一骑车，腿就软。”她不骑车，从来不会。这种来自遗传学的分析最能动摇一个人意志的根基。

在这样的环境里，人不可能一点不犯迷糊，我问我自己：我会骑车吗？我能骑车吗？世界多美好，老布在撑杆和横杆拼成的美丽十字架上自如地翻飞，小娜在又高又陡的平衡木上欢跳得像头直撞人心的小鹿。可是我呢？“笨”字当头，连滑车都不会。人啊，怕就怕这样的蓦然惊回首。我决定，为了父兄光荣的脸面，多抄两条步行的近道，该死的木马，不骑也罢。

等到离家上学，在宽阔的中关村大学区，我上课下课串学校，离了自行车简直寸步难行。

首先需要直面的就是老妈给出的那个来自血液深处的理由：我们真的腿软吗？我不觉得。有一次洪水漫过街心，她背着年幼的我深一脚浅一脚蹚在齐膝的深水里，旁边驶过一辆公交车，搅起一波接一波的水浪。行人能闪避开的都闪避开了，我们却不知怎么就被留在了四顾无援的涡流中。我待在她背上，能感觉出她在水中的摇晃和坚持，确切地说是我的心在和她一起摇晃和坚持，我能凭着她身体的晃动知道她水底光着的脚正在遭遇暗苔或是横生的砖石，旁边避水的人群漠然地看着我们这对孤陷水中、飘摇不定的母女。我伏在她耳边说妈妈我们不能倒。她说我们不会倒，然后定了定神，身子一颠把我整个托起来。后来我们真的没倒，而是平安走出了水域。上天怜惜我们是因为我们先给出了一个自己的理由：我们不倒。

我发现老妈不骑车的真正理由是因为她根本不需要骑车，她一辈子守着我们小城的家，从来没想过要远离。如果生活需要她有更多的奔波，我相信，她会给自己一个骑车的理由。实际上，比骑车艰难十倍的事也没把她难倒过。

于是，我心底压着的那个属于自己的野气而真实的理由终于葱茏地生长起来：我就这样了怎么着？不会滑车我上死车也要骑车，骑车骑车，骑起来不就行了，交通工具而已，真的不是练体操，滑车是上车的开始，果真这样吗？如果概念本身妨碍我骑车，我就叫它让道，我不要概念修理我，我要修理概念，我的骑车概念，没有滑车也能成立——没有见过？那就从见识我开始。

是啊，只要换一个方向想一想——人家老布和小娜可不是我邻居家的小玩伴——老布就又成了布勃卡，小娜也恢复了她的名字叫作霍尔金娜，而我只不过是个普通人，而且还很有可能是普通人里为数众多、学什么都停留在入门阶段的菜鸟。这样一想就完全没了负担，全身上下轻松自在。

所以，要笑话你就尽情笑话吧，现在我宣布：我是一个一直不会滑行上车的骑车人，过去是，现在是，将来换车以后，如果心血来潮想念两个轮子，也依然还是。我相信每个人都有自己能力不逮的地方，人人都有讳莫如深的弱项，我的弱项我接受。我可以和朋友打赌连乘三次巨型海盗船而面不改色（如果不是他先催着要 Game over，我还可以陪他 Go on 下去），但是我永远不会喜欢滑行上车的感觉。

车龄从此向前延伸，而且一路平坦。我骑得从容骑得笃定，既方便又保险。神女如果能向我学习改变一下思维方式，把千年不变的山峰改装成一条为她所用的传送带，恐怕也会和我一样游走自如，再不用亘古呆立，站成一桩绝望的石头了吧？

直到有一天，父母来我上班的城市看我，目送我上车去公司，竟然察觉不到我离经叛道的骑术有何异样。原来我的自选动作已然操练得浑然一体，看不出丝毫破绽。

还有更搞笑的，有一天阿洁忽然扶着她的 A 货 Chanel 太阳镜大呼小叫起来："哇噻，你上车的样子酷毙，简直就是个老外！"这个一心想嫁老外的女伴成天往洋人堆里钻，不是鬼迷心窍，就是胡说八道，总之是完完全全不可救药。

"鬼才理你，这可是我的专利，我像老外？老外还像我呢。"

成队的老外在骑车游漓江，走走停停。我忍不住好奇留意了一番，果然如阿洁所说：一干人等手长脚长，却全都有"神女峰恐高症"似的，一律跨式上车。看来西方大力标榜的"个性主义"在关键时刻还是要让位给"安全第一"——不只安全，而且简约，休闲，"我骑故我在"，省去旁枝末节。

如此说来，我的弱项竟然也成了一种超前的时尚？不可思议呀不可思议。我只能说，有一种坚持是会结出异果来的，如果你要飞，就一定要亮出一个自己的理由。否则世间指南太多，走在你前面的永远是多数人，可是属于每个人生命的内心体验，永远独一无二。让那些"骑车从滑行开始，吃饭从拿筷子开始"之类的陈词滥调统统见鬼去吧，另起一行，你就可以天马行空。

2002年8月

云锦

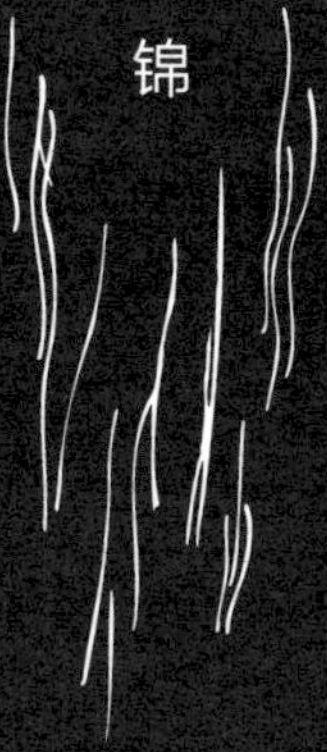

沙地沙发

此娜非彼娜

李娜之于武汉，就像姚明之于上海。他俩热腾腾你方唱罢我登场——姚明近日放出风声准备退役，李娜月前在一片“娜姐 V5”的网友签名声中战胜斯齐亚沃尼，喜获法网冠军。无论他们属于哪一座城市，都和大伙共处于这个时代。作为国人的芸芸众生，我们有幸见证了这俩同为中国人的精彩。

不知道打网球的人尖子何以都叫作“娜”。二十世纪八十年代初期，我在云南上中学，刚刚升进当地重点学校的初一，就听说了胡娜。大家不要弄错，我说的胡娜不是我同学，她是某期《中国青年》的封面人物，头戴网球帽，身穿网球裙，手执网球拍。没错，这个神气的胡娜出生于重庆一网球世家，拿过全国所有冠军，亚洲冠军，以及世界青少年比赛冠军，是当年的四川省青年突击手，曾作为中国女子网球队的主要成员，参加1982年7月在美国加州圣塔克拉拉举行的联合会杯比赛。然而，就在那次比赛的间歇里，胡娜忽然玩起了人间蒸发，不见了踪影。

那时中国的国门还没有完全打开，中美还处在双边体育外交的微妙阶段，体育无小事，任何事件稍加演绎，就会引发关乎政治的轩然大波。用今天的眼光来看，胡娜当时不外乎想单飞，想成为职业选手出现在国际赛场上。但在当年，中国不光没有单飞的机制，甚至还不可能也不允许出现“单飞”这样的字眼。随后的剧情就比较狗血了，选择把身份黑掉滞留美国的胡娜，发现没有身份根本打不了球，就有了一年以后申请“政治避难”的闹剧。当时的美国总统里根，大概基于对这样一个来自封闭国度年轻人自我奋斗的肯定和鼓励，还认了胡娜做干女儿，台湾方面也搅和进去，局面于是变得扑朔迷离起来，完全改写了一般的“非法滞留”案。

当年我的政治老师爱结合时事宣讲课文，其人嗓音洪亮，普通话说得颇具表演性。有一回几乎是一拍惊堂木抑扬顿挫地朗声开讲道：“胡娜！这个不以为耻，反以为荣的叛徒！经历了从青年突击手到卖国贼的堕落，沦为美帝国主义和蒋匪的帮凶……同学们，让我们从这个爱国主义反面教材上吸取教训，牢记前车之鉴吧！”

管它前车还是后车，反正从那以后，网球一直离我比较远，是遥远地带欧美国家的贵族运动。后来在北大，俺买过平生第一支网球拍，拜北京同学小Z所赐——二人各买一支，相约有空就一起练球。结果小Z的所有课余时间几乎全被恋爱占据，我倒是偶尔带着拍子和球，会在三教靠球场一侧的墙上抽抽壁球，左抽一个洒脱，右抽一个落寞，左左右右，它们全部都是青春的困惑。

工作以后那支球拍就光荣“退役”了。有一年暑假，刚上大学的老弟，一牛高马大大男孩来桂林看我，相中了这支拍子，我便转送给了他。那次归家途中，老弟用这拍子，吓退过长途大巴上前来打劫的歹徒。歹徒们许是见他生得武壮，手里又操着家伙——没想到一支闲置的球拍，无意中竟派上了意外的用场。

我自己这些年一次也没打过球，虽然住处旁边就有一家网球场，每晚散步江边，偶尔能捡到从球场飞出，散落在周围草坪上的网球。想进场去学球的愿望也就此冒过泡泡，却随着时间的推移日渐蹉跎，不觉中，我捡到的球比冒过的泡泡还多，可是，当年某天心血来潮置下的网球裙，却一次也没穿过。前一阵听我老弟说，拍子他还收着，那可是绝版老式木柄拍，要好好收藏。老弟现在是地区业余选手三百人赛前十二，他女儿、我小侄女椰子，今年七岁，在李娜姐姐的感召之下，已经拿起了球拍。

有句老话用在李娜身上可以变成："一网不捞鱼，二网不捞鱼……法网捞起了一条美人鱼。"无疑，李娜在成为李娜之前经历了多年漫长而艰苦的鏖战，可是"法网"恢恢，疏而不漏，付出过的努力终会得到回报，当获胜后的李娜身着中式旗袍在埃菲尔铁塔下忘情亲吻苏珊·朗格朗杯时，祝捷的人们这才发现，眼前的李娜漂亮得就像一条刚出水的美人鱼。有记者情不自禁当面夸她。李娜从容答道：我跟以前还一样，只是头上多了道冠军的光环。

胜败乃兵家常事，球场上一时的输赢会随着时间的推移淡出人们的视野。但历史会永远记住有个不一样的李娜，在现阶段的历史时期，为单飞正名，把中国人的荣誉，延伸到了曾经貌似绝无可能的地带。二十九岁的李娜，你的背后黑压压，站着吾国的许多大人和娃娃。值得一提的是，胡娜后来的球并没有打出来，1992年因伤退役，那年她二十九岁。

2011年7月

不嫁同学的N个理由

不能嫁同学。这句话有几个先决条件，第一，其中的“同学”指的是同班同学，同级不同班的警报级别降低，高年级同学解除警报。第二，非嫁不可的话，这个同学必须比你成绩好，也就是说，成绩中等女生，警报级别降低，还有一点挑选余地；成绩很烂的女生，恭喜你可以解除警报大把地挑；假如你是班里成绩最好并且持续好着的女生，还是听我劝你一句：不能嫁，一嫁失足千古恨呀！

如果不幸不听，果真嫁了，那么请让我把这棵错生错长的婚姻之树上结出的种种恶果历数给你看，看看它们跟你的遭遇是否相当——对不起，我不是没有提醒过你。

嫁同学的一大恶果是，你永远是丑小鸭变不成白天鹅。不管你心气有多高，多么求上进，你在他眼里，永远是那个上课会打瞌睡，有一次还把墨水不小心抹在脸上并且茫然不知到处乱走的傻丫头。你再怎么优秀，还不是一嫁了之？一个“嫁”字，把你的优秀全部兑现给了他，他从此有的是理由可以飘飘然：学得再好有什么用，还不是做了俺老婆！

第二大恶果，跟距离有关。都知道审美是需要距离的，你那么天真地以为，“青梅竹马”就纯粹是一个好词？距离太近，时间太长，别说审美的神经会慢慢麻木，人性的浅薄还会慢慢抬头，终于有一天你发现，他对你不仅已经谈不上审美，甚至竟然开始审起丑来……一个人挑剔不是错，而是另一个人错的恶果。

第三大恶果，原谅我要这么说，嫁了他，你不是唯一，只是某种类型。因为你不是他辛辛苦苦从茫茫人海里找来的，只是顺手牵羊从女同学堆里牵来的，这个“牵”可没有“牵手”的“牵”那么神圣。你既然有一重身份是他的同学，那么他就多了一重心理暗示：举凡女同学都有可能发展和他的亲密关系，只是可能性或大或小而已。而这里面可能性的大小就很难说了，分阶段和各人境遇的变化而不同。既然同学是一生的缘分，那么你就有长长的一生都需要对随时有可能出现的新的挑战者严加防备——唉，这种日子，想想都累。

第四大恶果，跟简单算术有关。不嫁同学嫁别人，做的是加法，你会既有老公又有同学，大家热热闹闹其乐融融，各种关系既完整又圆满。一旦嫁了同学，亲爱的，你做的可就是减法了，老公和同学合二为一不说，原来还算亲近的同班同学，或羡或妒，或遵守朋友之妻不可戏的人情世故，忽然都对你敬而远之起来。你就这么有了老公，没了同学，亏不亏？

第五大恶果，我才想起来，你嫁了他，他也不是唯一，只是某种类型。嘿嘿，别怪我说得这么直白，你也不是吃素的，既然可以嫁他，就不惦记哪个男同学？想当初，他踢球比人家踢得好，可人家唱歌比他唱得好呀，能一起踢球的日子总没有能一起唱歌的日子长吧？再来上几段情歌对唱，方便得连情书都不用写就传情达意了——我看你实在危险。

第六大恶果，跟乱伦有关。同窗数载，手足一场，跟自己的兄弟那个，你没搞错吧？上帝说，婚姻就是找到自己的另一半，而且是唯一能吻合的另一半。看来上帝也太便宜你了，把你和你的另一半扔一堆里？都太偷懒了吧，不用走很多路，经很多事，就这么匆匆忙忙将里将就认下了那一半，合不合适鬼才知道。

第七大恶果，请注意，这是最残忍的一条——一朝嫁同学，你就永远也不可能撒娇了，呜呜，好想为你哭。人跟人之间是有相处定式的，刚开始是什么，以后就会沿着这个路子走下去。你是学习尖子，又是班长，总之是班里的强势人物，你能想象女生班长有一天会跟哪个后进男生撒娇吗？画面太亵渎了吧。你们哪怕成一家，今后也只能是同盟、战友关系，他宁愿你更像姐姐以至母亲，也不愿看见你小鸟依人。

第八大恶果，跟我有关。我写了这么一篇恶文，还是快点闪吧，你跟他明明都吵得不可开交了，可是在朝我扔砖头这一件事上，心还是很齐的。

2006年4月

才女诉状

张爱玲说，“出名要趁早”。其实很多事情都是过期不候，赶早不赶晚的，古人多矜持呀，照样“老女不嫁，踏地呼天”。连生命都稍纵即逝，更何况青春。做才女也一样，赶早不赶晚。

小时候被大人夸，一般是“乖女”而不是“才女”，乖就是听话，这才重要，至于才不才的，考试能拿回一百分就行，家长、老师都不会太在意。十几二十岁，才女虽好，还是个点缀。有才就有才吧，你不是还有其他吗，比如年轻，比如美貌，比如背景和家世。谁知道你以后嫁什么人呢？谁知道你以后变什么样呢？女大十八变，变来变去，终归是恃宠骄狂的居多，鲜有恃才傲物的。如果有，别的恃不到只能恃一个“才”字，恐怕也是苦命的。

三十岁以后，被人称作“才女”会有怪怪的感觉。才女者，首先不是美女也。试想“美女”一词多么的硬通货呀，如果是个美女，人家上来就该用上这个现成的词了，何必再费心劳力绕上一道弯弯，变“美”为“才”呢？话又说回来，都三十来岁的人了，以前如果一直不是美女，现在早也习惯了；以前如果是个美女，现在新人辈出，自己风光不再，也没法再逞强了。所以，接受别人叫自己才女，多少有点慰情聊胜于无的意思。

才女者，其次不是富婆也。“富婆”这个词，现如今也一定比“才女”所向披靡，所谓先有财务自由，才有人生快乐。你都三十而立了，不抓钱抓什么？请注意“婆”与“女”的区别，婆字暗示了你的已婚身份对你经济地位的直接影响，女字则要清汤挂面、单枪匹马许多。如果是个富婆，人家在碰面第一时间先想到的必定是你的钱或者你的老公而不是你的才，所以被叫成“富婆”也是理所当然的，才女算什么东西？如果不是富婆，抓不到钱也请一定不要抓狂，天高云淡，看开一点，就当自己穷得只剩下“才”了吧，就当善意的朋友叫你一声“才女”证明你还有点希望吧。

见过是才女的，但没见过一辈子是才女的。勃朗特姐妹是才女，《简·爱》和《呼啸山庄》既是成名作也是巅峰之作，短命的作家姐妹后来再也没能写出超过它们的东西。林徽因是才女，但人们始终无法忘记她姣好的容貌，尽管她自己家世完好教养高贵，始终想往才女的路子上靠，还是抵不住人们只管津津乐道于她与此诗人、彼哲学家的种种恋爱纠葛，全然忘了她写过的小诗，以及她追随建筑家丈夫修缮天坛祈年殿时那执着而无悔的身影。张爱玲当然是才女，而且是真正的才华横溢，可惜才女的命运线索在她身上过于嶙峋，爱个花心大萝卜胡兰成，竟会爱得飞蛾扑火，不计得失；爱个美国人赖雅，年纪那么大也就差强人意了吧，根本无法寄托她自己的后半生，以至《秧歌》以后，才女张爱玲成为过去时。

正写着此文，有个长沙赛区没能入围前八强的“超女”想投一部她的自传到我这里来，据说此女最近变了宣传路数，声称从此不做美女做才女了。笑话，才女又不是退路！没看见才女这边也是人头攒动需以实力打拼吗？做人一定要清楚自己的位置，别哪边都温不吞吞的。美要美得绝伦，唱要唱得漂亮，即便是写，也要写得超凡脱俗，否则还出来混干吗？

各位看到这里，见面还叫我才女吗？不如消停一下，饶了我吧。

2006年3月

心灵四重奏

乐观而积极的人，除了内心独白是阳光的，他还会把心里的阳光说出来，感染他人。

乐观而消极的人，内心独白也是阳光的，但不会把心里的阳光说出来，而是一人独享。

悲观而积极的人，内心独白是阴郁的，但不会把心里的阴郁说出来，而选择独自承受。

悲观而消极的人，除了内心独白是阴郁的，他还要把心里的阴郁说出来，散布四周。

第一、第四种人一是一,二是二，简单明了，容易把握。第二、第三种人半明半昧，层次丰富，比较真实，也比较复杂。

第一种人乐观而积极，是比较受欢迎的员工；是勇往直前、富有煽动性的领袖；是教父般予取予求、对你倾囊相助的朋友；是一个不太真实的幻影。

第二种人乐观而消极，是知足常乐的主妇；是偷闲外出喝咖啡的白领；是小富则安的商人；是辛苦了一年而要不回工钱，第二年又为同一雇主打工的农民工。

第三种人悲观而积极，是一部分艺术家；是平民百姓中的真性情者；是妙手仁心的医生；是我希望成为的人。

第四种人悲观而消极，是另一部分艺术家；是一部分老年人、病弱者；是吸毒者、自杀的人；是全部的孬种。

我的爱人，我希望他是个积极的人。一个积极的爱人，无论乐观、悲观我都接受。

如果他乐观而积极，那就再好不过，可以像一台永动机，一直发光发热，永不气馁。如果他悲观而积极，这样很好啊，会比较像我。我们会有很多共同的心境和情怀，会有聊不完的话题、心有灵犀的默默相守。

我的孩子，我希望他乐观的时候，可以有一点点消极；积极的时候，可以有一点点悲观。十全十美的人不是我的孩子，这种人不是太假，就是太累。生活应该是高调的，但是可以有一点灵活的弹性，可以歇一口气，在登高的时候，用望远犒劳自己。

我的朋友，我希望他是个乐观的人。一个乐观的朋友，无论积极、消极我都接受。如果他乐观而积极，首先我很放心，其次还可以感染我。如果她乐观而消极，即便穿着睡衣向我痛声哭诉又何妨？反正破涕为笑是她屡试不爽的制胜法宝。

我的老板，我当然希望他乐观而积极，这样才像个办大事的，拿得起放得下，不会因为悲观而自怨自艾，殃及他人；也不会因为消极而举棋不定，坐失良机。

还有一条没说，悲观而消极。我特别不希望自己的亲友沾染上哪怕半点这样的习气，不，我连自己的敌人和对手，都不希望他们是这样的人——想想看，一个与悲观和消极的人角力的人，是不是自己也是个极其无聊的可怜虫？

但是坦率地说，这第四种人其实最需要救助。谁能保证自己一生没有什么闪失，不遭遇丝毫困厄？谁又能永远乐观、积极，不因为突如其来的变故而跌入无底的深渊？每个人在人生各阶段，会有不同的生活态度，乐观、悲观、积极、消极也宛如四种旋律，忽强忽弱，交迭弹奏。如果有人不幸悲观又消极，最好的自救方法，不是一步登天，变得乐观又积极，而是接受悲观的现实，哪怕积极一点；或者，姑且先留着消极，不妨乐观一点。就像一个遭受打击的拳击手，痛得站不起来的时候，先抬头。

2006年4月

路上的人

路上的人，相对放松又相对本质。我因为经常一个人上路，别人不经意呈现在路上的瞬间，成了我清晰的记忆片断。时间一长，这些片断自己凑到一块儿，好像发生在同一天。

有一次是个孩子，跟她妈妈从甘肃那边的一个军工基地到南方来玩。我们是面对面的硬卧下铺。她妈妈比我还小，年纪轻轻就当一个五岁孩子的妈了，还敢单独一人带孩子出远门，而且一路不停跟孩子说话，性格活泼，一点都不让人觉得冷清。所有这些，令我对这个能干朴实的军人妻子暗暗生出些好感。忽然，小女孩扑到过道的窗户上，对着外面晨曦中的绿树一阵痴喊："绿叶叶，绿叶叶……"年轻妈妈不好意思起来，跟我解释说，他们住的地方，周围都是沙漠，绿色在那边很稀罕。记得这个为绿色感动欢呼的孩子，名字叫瑞瑞。

另一次是两个老人，结伴出游的老姐妹，在从上海开往桂林的火车上。因为我是个不相干的陌路人，她俩拉家常、聊私房话也不避我。"其实我们做父母的，对孩子总有偏心的，连十个手指头伸出来都还不一般长呢……"其中一位说。我当时心想：让我逮着一回，原来父母背着儿女是这样吐真言的。另一位接茬："可不是，我就喜欢我家老三，不喜欢老二，那次我说我以后病重了想要安乐死，老二那个书呆子立即表示赞同，老三却说什么也不同意。"这俩老太令我深受教育，知道从今以后，跟老人相处，有些话永远当不得真。

又有一次，仍然是在火车上，邻铺的两个男人争得不可开交，北方男人说，他常到南方出差，弄不明白南方人为什么好好的鸡，偏要烫着吃，那鸡一块一块的，光烫烫能熟吗？在北方，老母鸡都是要炖着吃味道才够鲜的。南方人不同意，说好好的嫩鸡，炖什么炖，一炖就老了，还是一块一块烫着吃来得爽。他们一路争，从岳阳争到了长沙，争到其中一个人下车了，还没分出胜负。其实南方、北方我都待过，知道这问题的症结，就在于鸡的品种不同，北方鸡骨架大，肉厚味醇，炖着吃滋补；南方鸡两斤都不到，一烫就熟，当然要吃嫩的。

同样还是坐火车，有一次从南宁到北海，有一对年轻男女主动坐过来，要跟我们打牌。打的过程中，我和黑鸟发现这俩可能是刚有点意思，互相之间还比较朦胧的那种，就想成全他们。问他俩去北海干吗，女的羞羞答答让我们猜，黑鸟一句话出口，仿佛一针扎破一只气球："去度蜜月的呗。"听完这句话，两人脸色大变，男的其实是大悦，女的直接就红了脸。后来再在北海海滩上偶遇这俩，他们双双偎在一只小木船边，果然甜蜜无比。

坐飞机也有故事。一次我的座位靠过道，里面坐着一对母女，女儿大概刚上中学，跟妈妈长得很像，胖乎乎的脸蛋，超短的头发。吃饭的时候，除了两份飞机餐被母女俩风卷残云一扫而光，母亲还翻出自带的卤猪蹄，不断塞给女儿吃。我一直在想，有这样一位母亲，这女儿真是想不胖都不行呵。

最后说的故事，从候机厅就开始了。那天候机很长时间，我发现自己被淹没在一大群统一着装的人堆里，这伙人二三十岁，外套、衬衣、旅行包上都印着“Yum!”字样，不像旅行团，倒像什么社团出来搞活动。上海、无锡、杭州、苏州，哪儿的人都有。登机后我靠窗，旁边座位是那群人中的一男一女，姑娘跟我邻座，一坐定就摊开了自带的笔记本电脑。就这样，从桂林飞上海的途中，我们一起在她的电脑上看完了一整部《僵尸新娘》。然后我问她：“你们玉米出来开会呀?”她很奇怪地看看我说“你怎么知道”，我说：“不是Yumi吗，超女李宇春的粉丝出来开歌迷会?”我眼神不好，当时竟然把感叹号看倒了。

后来有一次去肯德基吃快餐，看见那儿的服务生头戴“Yum！”字样的帽子，才知道Yum是肯德基、必胜客等三家全球快餐连锁店的母公司，天啊天，恨不得立刻找条地缝钻进去。

2006年9月

生命是棵如果树

元旦现在越来越像是双节之间的一个休息站了。年轻人在圣诞派对上尖叫的尾音还在玻璃一样寒冷的气流里颤动，长辈们已经开始张罗着为春节办年货、贴春联、打年糕了。

跟圣诞节的骚动狂欢和春节的合家团聚相比，元旦就像三姐妹里夹在中间的老二，沉着而精干，朴素而务实，既不像老大那么时时抢风头，又不比老三那样处处受娇宠。一边是舶来洋节里最浓的热烈隆重，另一边是传统中国节里无比的盛大喜庆——现代人举重若轻，完成这从西向东、从彼岸到此岸的转换，只需要轻轻踏一踏元旦这只小舢板。

小时候不是这样的。那时没有过洋节的概念，快乐从元旦开始，过完元旦，还有更大的快乐埋伏在春节。看过恐怖片的人都知道，最为经典的恐怖不是恐怖本身，而是等待恐怖的过程。同样道理，最大的快乐也不是春节本身，而是等待春节的过程。而元旦到春节之间，有多么充裕的时间足够我们去等待和想象啊。所以，不知道应该感谢谁，给普天之下的芸芸众生设立了元旦这个节日，因为在那些没有圣诞节的许多许多年里，元旦存在的一种意义就是“提醒”，提醒操持一年的大人和容易玩傻的小孩：等待盛大快乐的日子正式开始啦！

是的，从元旦开始，大人翻检一年的记忆，收支账目与经手事项，该清的清能了的了，烦心事悉数忘记，真感情历久弥新；孩子开始向往穿新衣、戴新帽，偶尔还可以提前放一两串鞭炮，甚至会被允许去摸一摸那块将要成为自己新衣的布料，哪怕它在箱子底压了一年，刚拿出来还散发着好闻的樟木香。

其实每一天和每一天之间本来是没什么差别的，不同的只是人们心怀喜乐的程度。现代人物质生活水平大大提高，天天都像在过节，可是你能说，现在的人就比过去的人快乐很多吗？儿时看这个“旦”字，感觉像一轮初升的太阳，刚刚从地平线上冒出头来。既然古书上都说了，“日月光华，旦复旦兮”，就没有哪一天比哪一天更为特别的道理。可是“元旦”作为新年里太阳升起的第一天，还是被我们的先人规定下来，那是因为，人类除了日出而作，日落而息，还本能地喜欢用欢乐来为经历的岁月记下里程，用节日来为庸常的生活盛放愿望。

这里不知不觉就用上了《圣经》句式：世间本没有节日，人类说，要有节日，于是便有了节日。人类这种无中生有、创造光明的能力，令我赞叹而骄傲。

一位友人工作十几年一路坦途，小有成就。只是在最近，先是父母突遇车祸，紧接着本人又遭逢婚变，一夜之间便已孑然一身。经历过短暂的调整，她在电话那边用明朗的声音对我说：

“我喜欢席慕蓉的一句话：生命是一棵大树，上面结满了各种可能的果子。”

“是呀，”我说，“同样谈生命，张爱玲还有一句话，‘生命是一袭华美的袍，上面爬满了虱子’。”

“我不喜欢张爱玲。”没想到过去曾是铁杆“张迷”的她，竟如此决然地说，“那种华美太过阴暗。”

看来，人心自有它的“趋光性”，会选择它想要的东西来记忆，会在遇到急难的时候超度自己逃回生天。在这里，席慕蓉和张爱玲，谁对生命的把握更为准确，已经不再重要。张爱玲也许更为深刻、彻底，但此时我们需要的，是席慕蓉似的好奇和耐心，等着生命树上的每一个果子，像玩游戏一样地抖开它们神秘的包袱，亮出各自不同的答案。

2004年12月

和千寻一起绝处逢生

我更愿意把《千与千寻》当成一部恐怖片来看，至少在把这部片子推荐给五岁的小侄女，并陪她从头到尾观赏完毕时，我依然这么认为：恐怖片，儿童恐怖片！谁说儿童就不需要恐怖元素的适度熏染？如果有谁看过一个孩子从始至终专注到底的眼眸，屏气凝神的小脸，以至因肾上腺素的骤然加快分泌，而导致心跳加速，肌肉紧张，呼吸急促，就会明白我所说的——一部完美动画片对人类心灵的收慑力量。

女孩荻野千寻和父母一起迁居来到一座陌生城市，车子却在进城的途中迷路了。“穿过隧道，出现一个奇异的小镇”，父母因为贪吃路边无人小店的食物，被双双变成了猪，忽然出现的大海，阻断了来时的路，十岁女孩孤立无援，陷入绝境。这绝境可不是觉得冷了还可以卖卖火柴的人间社会——女孩身边充满神异，非神即鬼，她作为人，只是其中的一个异类。她不仅要保护自己不被周遭环境铲除，还要想办法在这鬼地方活下去，活到能救出父母的那一天。千寻在心中立下志向，一定要救出父母，重返家乡。

宫崎骏不愧是造气氛的高手，诡谲的食街，稀疏的灯火，小桥对面不知是何所在的楼宇，渐渐昏沉的天空，飘飘而至的牛头马面……心底的孤寂与绝望就此滚滚而来，在这一瞬间被渲染到极致，对那些理解不了死境的儿童观众来说，这或许是比死还可怕的一种体验。该片当年（2001）在日本成了“票房怪物”，300亿日元的票房，超过《泰坦尼克》。连全球动画大王迪士尼，都不得不称赞宫崎是“动画界的黑泽明”。

本尼迪克特在其代表作《菊与刀》中，把日本文化形容为“耻感文化”。何谓耻感文化，我的理解就是，没有绝对意义上的终极善恶观，强调外力的作用和与环境的相融。小岛的挤迫和人口的众多，导致人与人之间实用关系的至高无上，一个人有没有存在的意义，主要看他对别人有没有用，无用即可耻。所以千寻必须在汤婆婆的油屋卖力工作，而一旦她开始工作，体现出勤劳有用的一面，那里的神神鬼鬼也就忘了她曾经很严重到足以被吃掉的“人”的身份。千寻因此得以绝处逢生。

里面人物的善恶也没有明显分界。化身为小白龙的神秘少年对千寻很友好，是给她指点迷津的第一个贵人，他把她介绍给锅炉爷爷，带她去看她已经变成猪的父母，并且一直在暗中冒险帮她；然而白龙的另一重身份，却是汤婆婆的得力助手，他的行动受制于汤婆婆的魔咒，常帮汤婆婆干一些见不得人的勾当，比如去偷钱婆婆的魔女印章。

汤婆婆是这个小镇的主人，法力无边的独裁者，经常化身成黑乌鸦飞到高处四处巡视，她残忍专治，会吃掉对自己没有用处的人，同时也贪财好利，对来油屋洗澡的客人毕恭毕敬，笑脸相迎。她最大的软肋，就是对顶楼上的巨婴宝宝，她自己的宝贝儿子，宠爱到无以复加的程度，百依百顺，有求必应，这个弱点在最后间接促成了千寻对父母的搭救。

锅炉爷爷，模样古怪，长着六条可以随意伸缩的手臂，貌似对身边不平事不闻不问，漠不关心，虐待蚂蚁样的小虫“童工”，遇事很难商量，绝不松口。其实却让小玲带千寻去找在求职这件事上起决定作用的汤婆婆，帮千寻解决了工作问题。

小玲，像亲姐姐一样泼辣能干，也像亲姐姐一样挑剔难缠。

无脸人，它的扮相最虚无，一身黑衣，一张白脸，几乎不说话。可怜的时候像个孤单的游魂，凶起来既吃东西又吃人。但它跟千寻最投缘，拼命想送金子给千寻，还陪千寻去钱婆婆那儿道歉。坐火车一段诗意得有如梦境，小小千寻居然有了人陪，哪怕那个人，只是怪怪的无脸人，也让人有些许人生边缘的温暖感。

其他人物还有一开始被当成腐烂神的河神、会跳舞的三头怪、汤婆婆的双胞胎姐姐钱婆婆、青蛙，等等。作者丰富的想象力，还原了孩子眼里原本应该很丰富的人生。对于我国观众长期以来所习惯的非善即恶论，即不是好人，就是坏人的传统二元思维，也是一种参照和补充，至少让人明白，善恶常常集于一身，就看你引着它朝哪一边转换。

最耐人寻味的有两处，一是汤婆婆把千寻的名字改为小千，借口原来名字笔画太多，其实是想让她忘记自己的来龙去脉，永远留在油屋归她役使，而千寻牢记小白龙告诫，没有忘本，保住了往事也就保住了她作为千寻这个个体。可见往事于人意义非凡。另一处，片子的结尾，千寻历尽千辛万苦，将父母顺利救出，可是，父母一旦变回人形，又恢复了对女儿居高临下、颐指气使的态度，仿佛过往的一切从没发生过——成年人的迟钝、愚蠢和健忘，真是到了不可救药的地步。

2009年6月

桂林米粉PK云南米线

云南是我娘家，桂林是我婆家，我在两边各生活了十来年。这两边的吃食，都有我最好的那一口，不用说，那就是云南的米线和桂林的米粉。如果你问我，到底是桂林米粉爽口，还是云南米线好吃，这个问题嘛，呵呵，手心、手背都是肉，你可别指望我会偏袒哪一边。我在哪边就吃哪边好吃的，鱼肉和熊掌，我一边也不会拉下。

米粉和米线本身是同一种东西，都用大米磨成米浆，按一定比例加水勾兑，再放到机器里榨出来，这种圆溜溜的线状食品，英文都叫“rice noodle”，也就是“米做的面条”，很是贴切生动。我就经常用桂林菜市上买回的生米粉，在家自个儿做云南过桥米线吃——这足以证明，两样东西从主料上是可以不分家的。

桂林米粉论个卖，也就是将粉团成一团独立成形，出厂前厂家就按斤两分好了，方便而干净，每箱25个，每个2两。相比之下，云南米线卖得较为写意，大箩出厂，无论二两三两，店家随手估摸着扯多少算多少，童叟无欺。从卖米线看淳朴民风还有一例，主妇去早市买生米线回家做早点，卖家会在米线筐旁搁一堆香韭菜，供买家免费自取，拿回家做配料。

在云南，米线好不好讲“筋骨”；在桂林，米粉好不好看“细滑”。云南米线分干、水两种，各有各的拥趸。干米线方便携带，吃时用水发开，口感柔韧有嚼头，水米线在当地消费，口感绵软有弹性。用我老妈亲自体验后的感触来说——桂林米粉更像是云南的水米线。

其实我一直和稀泥两边讨好的那个问题，早被我老爸一锤定了音。他和我妈来这儿小住一段后一口咬定，桂林米粉比云南米线好吃！我知道仁者见仁、智者见智，却万没料到阵前倒戈，投到桂林米粉这边来的，竟会是老爸这个地道的云南人！

二老每天一早准点去“报到”的那家粉店，是他们精确踩点后一致认定的，说我这儿周围十几家粉店，就数那家的米粉最好吃、最堪回味，简直乐坏了那家的湖南籍女老板。会吃粉的人都认店、认时间，从这点上看，我父母已经是很合格的桂林米粉发烧友。店不同，卤水配方大异不说，各家配料也不一样；去得晚了，无论米粉还是米线，刚刚做出时表面上那层肉眼看不见的粉膜会慢慢破掉，吃起来，所谓“细滑”就没有保证了。

我老爸从老年人的角度最欣赏桂林米粉的地方，是它适合细嚼慢咽，“每一口都有回味”，进店坐下的客人一碗在手，都自然而然吃得安静仔细，不像云南米线宽汤足料，吃时稀里哗啦，场面之热烈，据说吓跑过前来投资的港商，直说云南人太排场，不够节约。

桂林米粉是我爸的“告别演出”，每次离开桂林，哪怕拉着行李箱，也要到粉店去吃上一碗垫底，心里才踏实。云南米线是我的“登台亮相”，每次回到昆明，第一天的第一餐饭，要找我很容易，雷打不动在过桥米线馆里坐着呢。云南米线就像我富足而豁达的娘家人，桂林米粉则是我精明又贴心的小姑。

2006年4月

所有人都会忽然天各一方

“所有人都会忽然天各一方。”达·芬奇用这句话来阐释他的数论：任何一个点可以将世界一分为二。他真是个天才，值得接受我穿越时空的敬意。

一个点的力量，就足以令我们生离死别。可我们永远不知道，命运的这个至关重要的点，到底潜伏在哪里。所以，我们甚至都还来不及设防，就已然天各一方。

杰跟静从小就认识，他有点喜欢她，到底有多少，她并不太清楚，不光不清楚他的喜欢到底是不是那种喜欢，如果喜欢可以量化的话，她也不清楚，他的喜欢到底要达到多大程度，才是那种喜欢。假如这也算缘分，他们的缘分开始于大家都很纯同时也很蠢的年纪，谁都没有行事的参照系，只知道摸着黑往前走。

她在心里以矜持为笨拙的借口，始终没什么可圈可点的表现，只记得“喜欢”两个字他似乎是说过的，却从头到尾，两个人连手都没拉过。N 年以后她想起他来，凸显在记忆底片上的，是她跟他在校园的湖边走，他忽然刻意从她左侧绕到右侧，然后说："风大，我帮你挡一挡。"至此她才意识到，至少在这件事上，他曾真心待过她。

但这又有什么用呢，此时他们早已相隔半个地球，不见面的时间里，半代人都长出来了。她对自己说，怀念就是怀念，不需要有什么用处，而且他之于她只是一晃而过，并不那么重要。然而重要的人就留得住吗？经历过一些事以后，她已经不那么认为。她始终想不起，是哪一天、哪一件事让她和那个并不重要的男生从此分开的。无论如何，这么长久而真实的分离好像有点严重呢。如果命运真有一个点在起作用，那就是她的盲点了，她想。

杰这个人殷勤健谈，爱好运动。他的确喜欢过静，但他还喜欢过很多人。他是那种很容易就喜欢上别人的人，图书馆的女孩，游泳池的女客，或者现在，那个常在教堂相遇的女教友。每一次的喜欢，他都付出了真心。他喜欢的好像不是哪一个具体的人，而是喜欢本身，只要觉得自己还有喜欢的能力和状态，他就很放心。他的人生似乎充满了不安全感和不确定性，是从一次喜欢到另一次喜欢之间的一路狂奔。

所以每个和他有点渊源的女子，就像记录他人生的里程碑。就连他精明的母亲和漂亮的太太，也成了他前怕狼后怕虎的明证。这两个女人，分开来就各捏住他一只耳朵往里面灌注影响，凑在一起就在他的后院大张旗鼓地上演虎狼之争，争鸡毛蒜皮，争蝇头小利，还有对他明里暗里的控制权。他其实是个不那么快乐的男人，觉得生活时而像是沸点，时而像是冰点，反正都是没有任何悬念的顶点。

杰跟静重逢是在网上。那时他正经历一场不伦之恋，暗度陈仓又死心塌地地把太太的闺蜜变成了他的小蜜。小蜜结婚了，丈夫不是他，他还要装没事人一样，和太太一起去婚礼上充当伴郎和伴娘。婚礼照片上，他是四个伴郎中唯一不笑的那个，不光不笑，还带点哭相。照片发给静，她只是觉得他实在是个老实人——没准新娘这会儿正检阅她自己的婚前相好团队呢；没准闹得比他更凶的人，这会儿一点痕迹都不露，正有头有脸地站在他一旁呢。真有意思，当初静是杰喜欢的人，现在却成了为喜欢别人的杰支招的人。

可是又有什么用呢，并不是所有付出的真心都能有及时的回报，并不是所有喜欢的人，都可以相伴终生。当初和静怎样分开的，杰也记不清了，回忆模糊如后来的若干次分手，可以预期的是，以后想起小蜜结婚去做别人的新娘这份痛，他也可能会渐渐麻木。分开这么长时间，静还是能劝住想要寻死觅活的杰——当然，可能他压根就是想被她苦口婆心地劝一场，才装出要死要活的样子。即便这样，命运还是有分开他们的那个点——十二点。

十二点一到，她就准时下线。

2006年6月

我在北大的日常生活

二十岁，我在燕园上大二。

没有自行车，上、下课全靠步行。能一气走很快、很远，坚信走路有利于身体的健美和耐力的锻炼。穿过燕南园的花径，穿过静园的桃林，穿过大讲堂门口的柿子林，穿过五院的紫藤廊，穿过一切有植物抽枝拔节、繁茂生长的地方。要知道在燕园，光是落花就有N种意境，“落花时节又逢君”，“落花人独立”，“似花还似非花，也无人惜从教坠”……

宿舍没电视，更没电脑PC机，大学四年见过学校配给学生集体观看的一台电视，硕果仅存于男生宿舍32楼，我们班男生就住那儿，我们管那儿叫“死妖楼”，盖因其中416室而得名，那屋住着我们班最是臭美孤高、不可一世的一伙。那可怜的电视只给他们起哄了几场球赛，一口气拍不上来，就光荣退役了。再说说那会儿的电脑，那是真的矜贵，一色的286（386还属个别老师才能享用的稀有品种），全在机房里顶着高贵的天鹅绒盖头，要见它们一次真容，得集体换拖鞋，只差焚香沐浴，三跪九叩。那会儿我们上电脑课，学的是DOS操作系统，神秘而复杂，正经编过程序，不才考试还拿过全班第一，但是现在完全忘光光。只记得考试前在机房上自习，专练打字速度，不知是谁整出一段三毛描写台湾纱帽山的文字，特别的文艺腔，隔壁阿健打着打着，竟然打出个没来由的“喳”字来，一干小女生笑到东倒西歪，好像女版李莲英突然显灵了一样。对了，那时流行听半导体，北京音乐台很受欢迎，呼吸乐队的主唱卫华，同时在电台做英语节目主持，用现在的话说粉丝很多，简直酷毙。

吃饭有好几个食堂，学一、学二、学三、学四、学五、学七，勺园旁的清真食堂和未明湖边的教工食堂也去过，次数不多。学一的油饼、学二的小炒、学三的舞会、学四的点心；学五、学七不记得有啥可圈可点的地方；任是老师还是高班同学，谁也说不清，学六在哪里。这个学六就像《哈利·波特》通往魔法学校的$9\frac{3}{4}$站台，永远是个谜，也许只对合适的人开放。学三食堂就在三角地和大讲堂旁，基本算得上那时的信息集散地，加上像我这样的，又喜欢到大讲堂看电影，去学三就去得多一些。学三平日里是食堂，到了周末晚上，大厅里的桌椅一经归拢靠边，就变成了那时在北大和北京高校圈都颇有些名气的舞会现场。年轻人多半单纯、热情，也不管水泥地是否还残留着油渍、饭渣，纷纷步下舞池，随着乐曲翩然起舞，面色热烈而庄重。印象最深的是地球物理系86级的学姐，天生一头又浓又黑的鬈发，平时编成独辫，跳舞时披散开来，垂至腰间，和裙裾一起摇曳生姿，和眼波一样星光闪闪。用现在的话说，这个重庆美眉，有点性感。学姐那一届毕业时走得最匆忙，就像溃退的潮水，在海滩上留下来不及带走的小贝壳。她把她那14寸坤车留给了我，虽然旧得轴承里已经没有了钢珠，我在北大的最后一年，还是把它踩得像要飞起来，然后想象自己穿过的那些风的线条，会不会藏到湖畔的哪株柳树丛里，等到下一季，再来吹拂谁的发梢。

学生之间的贫富差别在那时还没真正拉开，多也只多几倍，量变达不到质变。像我这种小城市中等收入家庭的学生，也许舍不得买水果，但是用攒下的钱，订过一年12期 Reader’s Digest（美国《读者文摘》杂志），优惠价总共10美金，学校图书馆帮忙收订打款。最狼狈的记忆是某月末，在兜里揣着上次吃到最后舍不得消灭掉的那只干瘪橘子，才敢去走学校小卖部门前那条路。因下月生活费还没到，捉襟见肘没钱买新水果，又怕抵不住诱惑，兜里有料，心里才踏实。

那时进驻中国的品牌店、名牌产品还不多，肯德基、麦当劳在北京，是我上大三、大四那会儿才见开起来的。我们女同学喜欢用波姬·小丝做代言的力士香皂，玉兰油是当时最 in 护肤品，宿舍里还风行过舒尔美卫生巾、华姿洗发水（搭配同品牌护发素）、蜂花护发素（黄色质地，透明直筒塑料瓶上有一格一格的蜂房式花纹）、威娜宝洗面奶（浅橄榄绿色瓶子，据说是德国技术），其中华姿洗发系列特别受爱赶时髦的北京大妞追捧，可本小姐一洗就掉头发。后来听说那华姿是按日本化妆品标准设计的，比较适合北方发质硬的女孩，不拉不拉。反正当时的美容资讯就像天上的云般变化无常，仅限于女生宿舍楼里的口口相传以至秘传私授，现在市面上那么多印刷精美、图文并茂、信息丰富又及时的时尚美容杂志，那时一律都还不见踪影。时髦女郎流行吹一种叫“高尖儿”的刘海，这风尚也传到了校园，就是把前发侧翻吹高，再喷上硬硬的发胶。记得一个最红的女歌手经常吹着那发，跳出来便很昂扬地唱“我家住在黄土高坡哦哦”，高坡已经算高了吧，她吹那高尖儿恨不得比高坡还高。我上北大期间，讨厌过两样东西，高尖儿是一个，感觉人一顶上它就变成了斗鸡；另一个是学校小卖部女售货员的脸，北大成就斐然的老教授堪称泰山北斗，在这张脸眼里只不过是糟老头，更别提它对普通学子的态度。就这样，学生一届一届地换，售货员倒是北大长住民。

那时还用粮票，大概是国内用粮票的尾声阶段吧——写到这里意识到本老人家还真算有把子岁数了，除了穿花拂柳，竟然还穿越过用粮票的年代，啧啧！言归正传，那时用粮票可以换各种各样的东西，在宿舍楼里可以跟来敲门的小贩（有时直接就是勤工俭学的同学）换丝袜、换明信片（那时没伊妹儿，没手机，明信片消耗量特别大）；到中关村农贸市场，可以换鸡蛋，或者，换小贩不知从昌平或者大兴哪个文化村的流水线上批来的书法小件。后面这种不切实际的事我就干过，跟某闺密一起——当时颇以为换鸡蛋多俗呵，两口就吃掉了，书法作品么，还可以收藏——切，现在连自己都鄙视自己。闺密换到的那张一尺见方，上书“静水流深”四个字，配了几笔兰石，俺超级喜欢，可惜已经没有重样，只好另换一张尺方“清气如兰”，配的是两竿细竹，在床边台灯旁贴了两年，也没贴出感觉来，自此明白什么叫宁缺毋滥——退而求其次，终归别扭。

那时流行的情歌唱将，男的有齐秦、姜育恒、Beyond乐队、童安格、庾澄庆（也就是伊能静的前老公哈林，能红那么久，果然厉害），还有唱“我是一只小小小小鸟”的光头，终于想起名字来了，叫赵传。女的，苏芮、杨林、潘美辰、千百惠，同宿舍一个叫蝈蝈的同学放录音带，跟着听过不少。主动喜欢过的有卡朋特，虽然不能完全听懂她唱的英文，美式情歌唱腔的磁性和洒脱，算是从此领教，专门买了空白磁带，跑到电教室去请那儿的老师帮忙转录卡朋特的歌。还有一套叫“爱的罗曼丝”（*Lover's Romance*）的欧美原版轻音乐，北大广播站老放来着，不光曲子好听，名字也好，比如有的直译为《在彩虹的彼岸》《夏天知道》《心灵是孤独的猎人》《黑暗中的小船》。有个叫“丛中笑”的学生播音员——据说本名如此——每每在傍晚时分，未明湖畔开始起一层薄雾的时候，很耐心地守在广播站的扩音器前，一支接一支播报这些曲子。那是一个神经苏醒的年代，一群青春年少的学子又正值感受力最旺盛的时期，所以，哪怕是《林中漫步》《记忆》这样的曲名，也会在心里引发美妙的遐思和隐约的悸动。离经叛道的明星也知道几位，娜塔莎·金斯基，班里小X专门让周末回家的北京同学途中帮她捎回一张招贴画：全裸的金斯基和一条大花蟒侧卧交缠在一起。北京同学跟地摊小贩说要买这张画时，据说脸都涨红了，可小X把这画贴她床侧，天天脸对脸一起睡觉。大四时，我还有过一件印有麦当娜头像的T恤，但是不太清楚麦当娜为何许人，只觉得她像长胡子的梦露。曾经穿着这T恤到中关村的四通公司求职，结果可想而知。

二十岁的事件还历历在目，如今岁数叠床架屋，已然奔四。人只要活着就有回忆，所以回忆面前谁也没资格苍老。有句话叫“青春是拿来虚度的”，那一生呢？一生也一样有限而不可复制，所以无论怎样的经历，都会变得微末——不是在此地虚度，就是在彼岸浪掷。请问有什么样的宏大事件，配得上你我正在像沙漏里的沙一般渐行渐逝的人生时光？关于北大的宏大事件，很多人已经有过很多叙述，我只补充一点充盈在其间的细枝末节，毕竟，日常生活就像沙子跟沙子之间也会有的缝隙，无处不在。

2009年

童年时我们互为远方

朋友的名字是一棵树，可是我每每想起她来，眼前就会出现一株草，纤纤的，柔柔的，抽得很长，还带着香味。在这里我就叫她萱好了。

萱的故事与火车有关。火车从许多人的童年开出来，这样一种方头愣脑、喘着粗气的奇怪的交通工具。在每个故事的始发站，都有一群向往远方的小姑娘。无论远方在哪儿，有了火车就有可能实现愿望。

萱就这样出发了，和她的女伴一起。女伴的父亲，是前方某个车站的站长，站长的女儿，拥有想念父亲的特权，无论什么时候，只要想爸爸，就可以去坐火车，只要坐火车，就可以不买票。故事这样开头好像有点离经叛道，两个女孩好像是不打招呼就跑出来一样，让人觉得这一路上肯定会有事。

实际上，时间是暑假，出行的安排正常得不能再正常，两家父母是世交，两边又都有大人送接，两个女孩需要做的，就是中间这一段，在火车肚子里被存放存放。于是，她们以小女孩间特有的亲昵，说着笑着，互相挨着，坐在一张大大的火车靠座上，双脚接不着地，乖乖编垂着。谢天谢地，那时火车里还没有现在这么多人。火车在行进，窗外是那年依依的风，风里拂动如发的绿白的长草，还有洒了金一样的纷披的阳光，一片片有序地照进来。

“为什么我没有这样的女伴呀？”发问的是萱的女儿，五年级的“小帽子”，这会儿倒戴着鸭舌帽，无比羡慕母亲和自己一般大时的经历。

大家都笑起来，和萱一样，觉得无法回答这个既简单又复杂的问题。萱继续她的讲述。

女伴的父亲常常易地任职，萱们坐火车的目的地就常常不确定起来。这给她们的出行增加了一定程度的刺激，因为常会有这种情况，就是萱往往还不知道要去哪里，人就上了火车。即便知道那个经常变换的地名，对小姑娘们来说又有多大意义呢？她们只需能够莫名地兴奋就已经足够，觉得只要离开从小居住的城市，任何异地都是远方。

“到地方了，我们也不做什么，只是在铁路边一个美得超乎预料的池塘里滗水，朝经过的任何一趟列车招手、欢呼，就觉得很满足了。”

“那时候爸爸在哪里呢？”“小帽子”又冒出一个问号。

“你爸爸呀，那时在海南，从没见过火车，十足岛民一个。学地理最头痛的事就是背全国铁路纵横网。”萱有点娇嗔地调侃着她那在海口长大的先生。

萱的先生是上大陆读书后才认识的火车，几乎同时也认识了萱。他们一个向往大陆，一个向往海洋，这一个以为火车再奇特，也不过就是大轮船的模样，那一个盼着哪天能到海边，火车一头钻到海里，马上变成轮船。他们是如此背景鲜明。等到有一天，两个人都发现心中交织着彼此远方的梦想，一个家就此诞生。

2005年

威斯巴登的冬天

天最冷的时候，施然也到了她来德国后最难熬的阶段。照常理有人会以为，过了这第一个陌生的冬天，她就会好起来，只有天知道，这仅仅是个开始，除非陈去看她，或者她回南京。陈是肯定要去德国看她的，她本人也压根儿不打算在这里定居，但问题是，她现在是一个人在这里，在黑森州的小镇威斯巴登，距离陈来看她，还有一个礼拜，整整一个礼拜！

周围该逛的地方都逛了，一些著名的景点却要留着，等陈来了一起去逛。比如科隆大教堂、海德堡大学，还有哪怕就是需要穿越国境才能前往的巴黎圣母院和威尼斯圣马可广场，其实都不远，手续也很简便，欧洲的版图本来就不大，汽车在加入申根协议的国与国之间来往，比在国内过沿途收费站还要来得简单。施然在南京开的是索纳塔，小小巧巧一女子开笨笨大大的车，让人看着就觉得超爽的舒服。

所以现在的施然，没地方可施施然溜达，只有等待。对她而言，这一个礼拜的内容，都是等待陈。她每周给学生教五天汉语十二节课。有个姓崔的韩国女生，第一次见面就敢在施然宿舍翻她冰箱，开她的红酒喝。还自顾拆她的礼物！自来熟到令人咋舌的地步。那瓶开过的红酒，施然用一个别致的瓶塞塞住，那是在宜家买的一颗玻璃红樱桃，翘着细长的把儿，是专门从南京家里带来的。

块头很大的教务长顾汉斯握手很有力，施然对德国人握手的力度早有准备，但还是吃了一惊，当然更大的惊奇还是在和犀利的女秘书艾玛握手时发生的，那女人的手劲简直和男人一样。即便这样，施然也觉得比她所痛恨的“湿鱼样的”握手要好得多，因为有力的握手毕竟是热情的表现，让人觉得对方好像是要把他全部的热情通通握到你手里一样，非常踏实，特别是刚刚下飞机，有这样的握手迎接你，你会感觉很温暖。

顾汉斯人不错，喜欢请同事饭后到他家里去喝酒，但对待工作和所有德国佬一样刻板到没商量的地步，他要求施然星期四就开始教课，也就是下飞机的第二天，差不多还不到二十四小时，施然就进了这边的课堂。施然因此而耿耿于怀，觉得太仓促，觉得这种仓促带来的紧张和对陌生环境的茫然无措给她来这儿以后的课堂教学定下了一个不好的调子。这一切的一切带来的压力，使施然在每周教完五天课后，无论如何也要背起包来逼自己出发，哪怕只是做做出发的姿态，出去透透风也行。没错，一个人可以无所事事地闷在屋里，这要换了在家里，便是一种常态。其实很多人在家的时候都无所事事，家是什么？家就是能把自己无所事事的状态藏起来不让别人看，然后自己还在里面心安理得的一个空间。可是现在，施然在的地方家不是家，国不是国的，房间里待不住，只想出门。

门外便是欧洲。所有的教堂和城堡，不再是书上的文字画里的影子，而是以一连串雷同而极易混淆的名字排着长队，在每一条著名得如雷贯耳的河边和每一个光是名字就引得世人频频行注目礼的城市，站得和欧洲的历史一样整齐，它们像功课一样使施然感到一种威压。A 型血的施然博士，以前是个好学生，现在是个好老师，如果当初投别的行当，比如去学医，也一定会是个好大夫，哪怕现在不是医生，偶尔还是让医生看看的病人，她也是最配合治疗的好病人。总之，施然无论做什么，都会是圈里的人尖子，在她眼里没有困难只有功课，欧洲对她来说彻头彻尾就是门大课，没有修不完弄不懂的，只是需要时间。可是，所有公派出国人员的逗留时间，或长或短，全都是大小不同的压缩饼干——果腹还行，享受免谈；浮光掠影可以，文化大餐甭提。施然的压迫感由此而来，只有想到陈，才会轻松一点。

刚到德国的时候，施然常常给国内亲友发 E-mail，陈、父母、要好的几个闺中死党。不可能给每个人单独写，施然的信就往往是一锅烩——群发，大家共读同一封信，反正配得上这份牵挂的圈子就是这么小，所有收信的人又都彼此认识。施然的信写得很长，写她在这儿的所见所闻，所思所想，事无巨细。甚而至于有一次，花大力气将她的出行和游历做成精美的自办小报，图文并茂地发回去，吃掉收信人的大半个邮箱。这年头，收到这样长的信是一件太过奢侈的事，尤其对她的几个死党来说，此事更准确的意义在于：友情经过僭越，登堂入室成了不折不扣的亲情。也就是说，她的信同时是公开的情书、家书和朋友书。每封信，都有一群潜在的共读者，所以，读信的人会恍惚闹不清，究竟是朋友成了她的情人，还是父母成了她的朋友，抑或，陈也只是个朋友？

这种信写着写着，施然就有些倦了，在谁都可以是谁的情况下，其实谁也就谁都不是了。初衷是想要面面俱到的施然，最后发现一“俱到”所有单独的“面”就没了，变成了一个可以不停地旋转起来没有分别的球面。最深的距离就是没有距离啊，即使是思念也会让人搁浅。还是少一些纸上空谈，多一点脚下的体验吧。施然很喜欢到了一个陌生地方后独自上路的感觉，反正路在嘴上，即便很多德国人不懂英语，或者说施然愿意把他们有时一式的摇头理解为不懂英语。毕竟，一个地方只有靠自己的脚走过，才能真正变得和自己亲近起来。

今天是周六，陈来的日子。早上出门运气就不错，一辆大车在她面前停下来，司机打手势让她先过，这才是印象中德国人应有的礼貌，施然心想，一般而言，德国人有着一丝不苟的那种刻板，有时会给人生硬的感觉，说得刻薄些，就是整个国家都穿着制服，并且没有美人。真的没有美人吗？那倒不是，相反，来到德国后，施然觉得在这儿见到的漂亮女孩，比她过去关于德国丽人就是玛琳·黛德丽独独一款的界定不知要丰富多少倍。

时间还早，陈的飞机要中午才到。她先到法兰克福，路过一个全球图书展览会时，她进去看了看。里面人很多，有好多亚洲面孔，韩国人出奇地多，而且到处乱钻；日本人只要听你开口讲英语，立马对你点头哈腰；有家德国出版社的展台正在包装一位中国美女作家，该美女最近在国内很不走运，出的书刚一火就被禁，这会儿正卯足精神披挂上阵，以一身中式旗袍殷勤面对这边很不一样的受众和媒体。

看得累了，施然走出来，上了去法兰克福机场的巴士。天空蔚蓝、透明，正是适合飞行的最好天气。街上的林木有着色彩丰富的层次，路上有个白人女孩，肤色白到近乎透明，浅金色的头发在背后梳成一根粗粗的辫子垂到腰际，姣好的五官里，蓝灰色的双眸在浓密的睫毛下传达出一股朝气，和着她双腿前进的节奏，如此扑面而来的青春，原来欧洲也可以是不老的，可以不化妆，可以只是朴素地着一件赭红色的开襟毛衣和一条灰色百褶薄呢裙。

然而，这个漂亮女孩究竟是不是德国人呢？施然不能确定。现在交通发达了，地球变小了，来自不同国家的两个人在第三国相遇，这简直太司空见惯。就像施然，她要是不说话，陌生人对她来路的判断，有可能先猜日韩，然后才是中国。中国还要分一下，是中国台湾，还是中国大陆。太多的不确定性，构成了她和这个世界的联系，不，应该说，现在很多人都以太多的不确定性，和这个世界发生着联系，从而构成了这个一切都让人颇费思量的世界。比如说，有人今天在这儿，明天也许就到了别的地儿；再比如，只是眼睛颜色的不同吧，里面的含义就可以很不一样。有时候为表示友好，有人会突然把嘴巴咧开，暴出一个笑容，可是眼睛里面仍然是冷的，然后马上把脸孔再恢复到原来的状态，好像是任务完成了似的。并没有微笑给人的实在的温暖。

她坐在机场的椅子里，看见一个女大学生，外面穿大衣，里面似乎是一身礼服裙子。她首先注意到是因为她穿的是长裙，这里穿裙子的并不多，其次是因为她的鞋子，跟很高，而且前面像是芭蕾舞鞋那样左绑右绕地缠着些带子，那姑娘手里捧着什么东西，从走廊上急急忙忙地跑过，这情景像极了电影里的画面。她在机场等了整整一天，陈没有来。上海的飞机到了，但陈没有到，也很像是电影里的画面。

2005年3月

头上的事

我云南老家曾经最熟的理发室名叫“三八”，桂林市中心曾经最牛的理发店名叫“七三”，都跟数字有关，却是前数字时代的故事。

三八理发室跟现在港片里拿来骂人的那种三八一点关系也没有，而是真诚地三八着：打我记事开始，里面的理发员就是清一色的女子，穿洁净的工作服，送上来的毛巾永远蒸着香喷喷的热气，我被按着头让电推子啃后脖颈的滋味痒酥酥的，店堂里此起彼伏嗡嗡着吹风机的声音，让人昏昏欲睡。我家那时就住这理发室楼上，确切地说，是小学校和这理发室分享小城里的一套旧式财主宅院，常常是，理发室大锅炉的水开了，她们自个儿不知道，几个老师的孩子却趴在楼上走廊的木栏杆上齐声高喊“三八理发室的水涨了”，一直要喊到她们应。

三八理发室并非女生宿舍男客勿进。老妈自己烫头，也带我吹头的时候，常能看见些叔叔伯伯躺在店里很专业的皮面铁帮理发椅上，被理发员阿姨用带保龄球瓶底形木柄的白毛刷招呼得满腮帮子都是白花花的肥皂沫，乖乖等着人家动剃刀。在野外修路架桥的老爸难得回来，胡子拉碴地进一趟理发室，出来就变个齐整干净的俊小伙。

小孩不知大人头上那点事有多重要。初中时，女同学们都不让穿奇装异服，只有小玲平安无事地长年烫着短鬈毛，穿着喇叭裤。N年以后才知道，小玲她妈当年就在三八理发室上班。想想我那严厉的女班主任，可是发型无小事的哦。

桂林的七三理发店，据说得名于中共中央某年七月三号发布的一个布告，那布告是制止武斗的。所以老觉得这店名好像在说："不武斗，就剃头。"实在古怪。我刚到桂林时，这店还没散，还在市中心，但已经有点江河日下、难以为继的意思，收费不高，做的发型也中规中矩，洋不起来。很快，我跟城里的熟女一样，在其他时髦的店里有了长年认定的发型师，他们多半操着生熟不同的粤地口音，取的店名么，不是"大香港"，就是"小九龙"。

这一阵，我爸在桂林住着什么都好，就是找不着合心的理发店。他说了，发廊就是发廊，装修再漂亮，他也不进去，他认的就是那把哪怕皮子破了个角，里面也能抽出棕毛来的专业理发椅，理发师傅可以不论男女，但一定要不止懂理发，还懂修面，不糊弄人。

那天我穿着出门礼鞋随老爸从七三原址阳桥一带一路找到桂剧院的后巷里，脚尖悄悄磨起了泡，总算找到一家自号"七三顾师傅"的小店。看他心满意足躺在那儿享受传统理发全过程，我坐在一边想，俺老爸什么时候出落成个老派绅士了，在乎我出门的淑女模样，还把头上的事，坚持成了一种信仰。

2006年11月

关于街道

如果说建筑是凝固的音乐，那么街道就是凝固的节拍。它是无形的，因为空，它才畅通无阻，虚位以待是它立身处世的姿态，你可以说它永远缺席，但是作为一种分隔，它又无处不在。

一座城市如果没有街道，就像音乐失去节拍，恐怕还不止于此——想想看，即便是风狂雨骤，齐刷刷落到铁板一块、连成一片的城市大屋顶上，没有一点回旋和转致，会不会觉得无聊？呵呵，还是不要这样的好，否则铁面人一般透不过气来。

不过现在要遇上这样的城市也不是很难了，根本用不着培植什么遮阳的林荫道，摩天大楼隔着窄街几乎就要在高空接吻拥抱。刚刚去过重庆，非常惊诧于那里发展的速度，解放碑最旺商圈，一座座塔楼山坡上争黄金地盘的架势，丝毫不让号称“东方之珠”的香港，偏偏盖的楼不是叫“中环”就是叫“银座”，看来《重庆森林》在香港，“香港森林”在重庆。

实在是唇齿相依，说到街很自然就会牵出两边的房子。别说大城市，即便是在小地方，你要循着哪条街去重游当年的故地，基本上没这种可能——经济发展那么快，连一块五年以上的马路牙子，都会羞赧自己已经“人老珠黄”。虽然很多时候，游子希望街道更像是一根拐杖，能够让自己听凭它的指引，回到曾经朴素美丽的故乡。但是，请不要过于轻信一条街的历史，如果你不守着它，长在它身边，终有一天你会发现，一切都已面目全非。

在无锡学前街王兴记馄饨店门口，一抬头就可以看见街对面的钱钟书故居，古旧的平房小院跟周围景致都不一样，有点个性也有点寒酸，加之两旁亮堂堂玻璃钢外壁商厦的夹峙，更显其低矮。也就是钱钟书先生了，还有这样一种不拆的待遇。一般老百姓你就只管往前奔吧，怀旧太奢侈了。

并不是固执地希望一成不变，而是想要一条街也有一条街的气质，不要像旅馆，硬件装修上去了，可是这间跟那间没什么区别，只有面貌，没有灵魂，来谁都是一样的记忆，这街跟那街是一样的印象。很多的商标，很多的广告，就像旋律中没来由加进去过多的修饰音，让一条街唱不成自己的调子。

条条大路通罗马，可是很少有人知道罗马最有名的大路是哪一条——哥伦布大道。光是名字就给你一种朴素而冰冷的触感，两旁种着奇怪的树：两三层楼那么高的松树，下面光秃秃的，只在树顶开出一团灵芝状的树冠。再没有比这更端凝、更警惕的树了，隔着车窗，哨兵似的一排排后退，像一部黑白纪录片里的景致。一条街就这样通过它的树，传达出罗马这个“世界之都”的特殊气质。

像这样凭着一棵树、一朵花记住一条街巷的例子，还出现在泰戈尔笔下。

到她家去的那条曲巷

春天充满了杧果花的清香

短短两句诗，时间、地点、女主角以至花的香味，什么都装下了。街道就这样和爱情长在了一起。生命只有一次，我们曾在哪里活过？有哪条街曾经陪伴过我？属于个体生命的独特体验，对谁都只有一次，不会在这个世界上重复第二遍，当我们可以凭着一条街回忆的时候，心灵也就有了来龙去脉。当然，这些都不重要，如果活着仅只是活着的话。

2005年11月

外　号

H2请吃饭，真会选日子这两人，一个在今天生，两个在今天婚。今天据说是中国的情人节，在中国说到情人好像都是地下的语境，我看还是叫牛郎织女节比较好，没阳光，也有月光呵，就像H2他们两个，鹊桥一相会，携手伴此生，宜室宜家型。

鄙人没有外号已经很多年。外号跟江湖有关，不混江湖，哪来名号？曾经的江湖在校园，女生宿舍送过我一名号，叫“云南毒药”，跟云南白药只差一个字。

中毒太深的时候，姑娘们以为我家住竹楼——大象在一楼，人在二楼，人要下楼连楼梯都不用，大象鼻子一甩就能运下来。她们还天真地以为，去我家玩要带上蛇药。呵呵，没有网络的年代，人无知而纯洁，打十分钟长话要花去半月生活费，还得排大队。手机？手机是什么玩意儿我们那时还不知道。

大伙一起分享我带回的各色云南小菜，时间一长，男生那边都有人听说了，跑来跟我叫板，举行吃小米辣比赛。那个差不多快要赢了我的男同学老尔，其实我知道你当时用的是吞而不是嚼。毕业多年一直未见，不知你是否如愿生了千金，千金是否如愿叫了“尔雅”。

那时北京市面上还见不着那么多水果，小贩拉着小车售卖十分稀罕的香蕉，香蕉皮全是黑的。北京同学小Z用油画棒画了一幅画，名叫“新鲜的菠萝和有晕的月亮”，她从没吃过南方的水果，想象中的菠萝新鲜欲滴，有着满月的光晕。小Z当时有一个最切近的理想，就是暑假和我一起回云南，哪怕是闻一闻杧果的清香。岁月蹉跎，当初最切近的理想，不知不觉成了最是缥缈无根的梦，小Z后来不只没能和我一起回云南，还连人带影子一起，消失在茫茫人海。

前一段的江湖是球场。我想拍的照片一直没拍成，不是摄影师不在现场，就是他和我一起都在球场上。哥几个赠我的新外号叫“脚比手好”，那意思是，用脚接球成功率高过用手。不要促狭地去想我的手基本不接球，我只是在气排球来路太低的时候，觉得与其表演俯身救球然后身体滚翻——该动作对地板的安全度有一定要求——不如现成用脚去钩。他们说我是从南非回来的，钩到球以后，居然还能用脚面掂到前场，而不是让它向后乱飞。

南非我梦游过。最近刚出差回来，满腿南方亢蚊叮的包。不知再打球，还能不能继续上演“脚比手好”。有时运气真的很重要。

2010年8月

两朵云

在隆冬，我终于知道了，我身上有一个不可战胜的夏天。

——加　缪

马桑树的夏天

1

我们班有两个人，光念名字实在容易弄混：李研和李嫣。我们班还有两个人，光看样子实在分不大清：李姹和李嫣。后面这两个，不用说，是一对双胞胎，女的；前面那两个，没什么亲戚关系，一男和一女。

在我老家那座城市，“研”和“嫣”的声调是比较含混不清的，你永远弄不清楚，当你想认真一点、严肃一点、比较贴近官话一点的时候，是第二声的“研”应该向第一声看齐呢，还是第一声的“嫣”应该向第二声靠拢，再或者，“研”跟“嫣”，到底谁是第一声，谁是第二声，谁又真的弄得清？于是只好随它去，谁爱发什么音就发什么音好了。时间一长，这两个字就真的给弄混了，似是而非，彻底分不清了。

李嫣刚从缅石转学到丽湖那年，是个初夏的上午，小风一忽儿一忽儿地直钻单衫的袖笼子，雨刚下过，花坛里的土，颜色是深的，反帝小学的混凝土操场还没干透。四年级（4）班门口的白蜡条正开花呢，那些花碎碎白白地缀在树上，也有的被雨水一打，落了一地。我和李姹也不知从谁头上扯了根长发，一人牵着一头，一朵朵，穿针似的细穿着有孔的白蜡花，穿好了，打个结，戴在手腕上，细碎依然细碎，却有了或急或徐的秩序，一闻，不是香，是青青的味道，跟人一样，大家都还没长大。长大以后我才知道，那个味道叫希望，青涩的希望。

她最烦苏老师点名，我说的是新来的李嫣。苏老师一点“李Yan”，男生李研便会飞快从座位上弹起来怪叫一声“到”。这李研是班上出了名的鼻涕腔，平时不管说什么，都像在怪叫，区别只在于，有时是大呼，有时是小叫，总之很吵。女生李嫣反应也超级快，这时一准也已经蹿了起来。苏老师这会儿多半已经忘记自己点的到底是“李研”还是“李嫣”，转而用沾着粉笔灰的手，远远点着李嫣同学问：“怎么是你啊？”没办法，苏老师很熟悉李研，对李嫣比较陌生。等到点完姐姐李姹，真的轮到妹妹李嫣时，苏老师会再次震惊，用一根粉笔指着应声而起的李嫣说：“怎么又是你？”没办法，苏老师也很熟悉李姹，李姹从一年级开始就在这个班了，所以老师以为这个站起来的妹妹李嫣就是姐姐李姹，以为李姹站起来两次……全班至此实在绷不住，爆笑到东歪西倒。

李研趁苏老师背过身去在黑板上写字，身子一斜，左胳膊撑住半边脑袋，右胳膊伸过来，搭住我们课桌边，冲李嫣扬起半边脸，睥睨着眼说："嗨，好阿油。"

李嫣不理他。

他再说："好阿油，嘻嘻。"

"你这人讨不讨厌呵？"李嫣瞪他一眼，"手拿开！"同时拨开他放她文具盒上的手。

既然被说成讨厌了，李研索性横下心来，将讨厌进行到底。"我就叫你好阿油、好阿油、好阿油！"连说三遍，觍皮赖脸。

李嫣脸涨得通红，扭头望我。我是班长，李嫣刚转来，不熟悉周围环境，班主任老师对全班同学说："李嫣同学归马小茜同学带一段。"这个马小茜么，就是我，李嫣的同桌，可我不知道，一段到底有多长，只能带着再说。说到这个带字，谁做谁的跟屁虫还不一定，有时候为了帮助同学，咱也得有点不入虎穴焉得虎子的牺牲精神不是？这个么，我好像有点经验。

我对有李研这样的前排邻座感到闹心，他老回过头来骚扰我们。内心深处，我一只手已经按上他的脸，往回猛推了180度。而现实中，我听见自己低三下四对他说："还不赶紧，老师来了！"这招果然奏效，李研马上回头，正襟危坐，尽管即刻便发现苏老师其实还在八尺开外的讲台上念课文，没有半点关注我们这边的意思，他也好像没了刚才的气焰。他进攻失败，我防守成功，这是今天的第N个回合。

从那天开始，李嫣多了个"好阿油"的外号。苏老师不是班主任，她教英语。她说，"how"是"怎么"，"are"是"是"，"you"是"你"，连成一句"how are you"，意思却并不是"怎么是你”，而是“你好”。“怎么是你”怎么会是“你好”呢？我们想来想去，想不明白，只好接受这个现实。成长的烦恼已经很多，再多一个又如何。

同学们管李嫣叫“好阿油”，却并不觉得李嫣好。好学生应该是像李姹那种，乖乖的，静静的，平时帮老师搬搬大三角板，帮同学轮值一起扫扫地、擦擦黑板，挺讨人喜欢，学习成绩么，中等偏上，不会突出到令大家反感——像这样的同学，怎么忍心给她安个吊儿郎当的外号呢？相反，没过多长时间，倒是新转学来的李嫣，很快就不用再装淑女，很快就获得了可以乱七八糟做人的自由——她本来就不是淑女嘛。大家也乐得既方便又贴切，把前面那个“好”字省了，直接叫她“阿油”，油条的油，油头滑脑的油，油腔滑调的油，终归都不是什么好的意思，而她竟然不生气也不在意。天长日久，连老师点名，也一半方便一半调侃地叫她“阿油”了，那个端淑的学名“李嫣”，渐渐被人淡忘。我一直不明白，一个四年级的小女生，在人生的第一个校园江湖——小学——就被人如此轻易地改了名、换了姓，她怎么还能那样里面没心没肺，外面没皮没脸？

2

课间休息，在操场上，我和阿油身边围了不少女生，因为阿油喜欢黏我，而女生喜欢黏阿油。阿油好像很能掌控局面的样子，从衣兜里不紧不慢先掏出三颗泡泡糖。上海来的泡泡糖，长条的，如同古代仕女修长的手指，用印花红纸包着。纸上有个烫鬈毛头的小女孩，正鼓着腮帮子，吹出一个大大的泡泡。阿油似乎是想了想，已经露头的三颗，又被她生生按回一颗去。然后，众目睽睽之下，她很豪阔地给了我一颗；另外一颗，她慢条斯理剥下糖纸，正要扔，被淑萍一把夺下，说要拿回去夹在课本里。别看淑萍个子最小，黄毛稀疏的，可是身手最敏捷，她爸在馆子里帮厨，她妈不识字，在家带还在吃奶的小弟，平时没有大人管她，只有哥哥带着她，在街上跟一帮野孩子抢煤渣。

剥好的泡泡糖，在阿油手里光着身子，表面虽然很磨砂，在一干小女生眼里却是光芒四射。没人有这个荣幸，可以独享这种光芒，除了我马小茜。阿油用手一点点揪下糖块，把一颗糖分成许多份，分派给周围眼巴巴等了许久的五六个女生。最后仍然有没能分到糖块的人，比如淑萍，她宁可看着大家吃，也不愿意走开。她盯着阿油咀嚼的嘴，忍不住也跟着干咽了几口口水。阿油终于看不过眼，从嘴里掏出嚼过的糖胶，径自递给她，好像这种事，她们之间已经有了很多次默契。淑萍想也没想，拿过就塞自己嘴里。然后若无其事加入大伙，一起叽叽喳喳，比谁的泡泡吹得大。

李姹蹲在不远的操场一角，冷眼看着这一幕。看到这里，她好像有点反胃，站起来，默默转身走开。

“你不叫你姐一起吃泡泡糖？”我扯了一下阿油。

“她？土包子！”阿油翻出一点眼白，“我妈上次从上海出差回来，专门给她捎了一包去。结果你猜怎么着？她咬了一口，以为是软糖，直接吞到肚子里去了。害我妈怕她肠粘连，担心了一个晚上。”

真奇怪，这对双胞胎姐妹，却不是同时来到我们班，平时两个人井水不犯河水，谁也不搭理谁。

阿油跟李姹虽是孪生姐妹，其实还是很容易区分的。首先，她俩互相不说话，其次，她俩放学各回各的家。李姹回奶奶家，阿油去父母那儿。双胞胎既然不住一块儿，穿着打扮就不可能一样。在我印象中，李姹永远梳齐刘海的童花头，头发丝就跟她人似的，很是温顺服帖，发尾自然形成一个弧度，护住脖子。她穿灯芯绒外套，看不出颜色，不是洗得发白，就是旧兮兮。阿油呢，穿的、用的都不同凡响，不像我们丽湖出产的小人，倒像个洋娃娃，身上随便哪件穿戴，仔细说起来都来得很远，那是些听上去名声绝对响亮的大都市。全班同学最最羡慕的，是她那超大、超宽型吸铁石文具盒，也就是李研经常喜欢往那儿跟坐沙发似的搁自己手的地方——据说那是她爸上北京出差帮她买的。软软的皮面上印着彩色的白雪公主，要知道那可是白雪公主呵。一打开，里面还藏着一面椭圆形小镜子，大概也有《白雪公主》里头那面魔镜的神力吧。

“又在臭美呢？”李研经常回过头来，这么奚落喜欢照镜子的阿油，“我来告诉你吧，其实，你长得根本没有李姹好看！”

每次说完这话，李研就乜斜着眼睛看李姹那边。那边因为隔着好几排座位，什么也听不到，这会正逆在窗外透进的天光里，默默写作业，或是看课文，如同一幅静物画。

我们都觉得奇怪，双胞胎姐妹，为什么妹妹有这么漂亮的文具盒，却总是看见姐姐用的扎绳布袋？那文具布袋跟她的外套同色，大概是用做衣服剩下的零头布料缝的。

“她？老木楱！”说起姐姐，阿油很是不屑地骂出一句。木楱，在我们那儿就是愚笨、脑子跟木头疙瘩一样不开窍的意思。老木楱，说明不是一般的不开窍，而是不可救药。

“我爸又不是没给她买，她那只上面画的是美人鱼，谁知道让她弄哪儿去了。”阿油说。

3

我实在是对那只传说中的美人鱼文具盒太好奇了，跟李姹回了一趟她奶奶家。我说李姹，咱红小兵课外活动小组下周要出墙报了，你不是老画不好“葵花向阳”吗？我上你家教你画，画好了，下期墙报的画稿，也算你一份。李姹一听，眼睛都长出小星星来。

我就这样去到了李姹奶奶家，那是老街上坐落在花纱布公司旁的一套旧式财主宅院，如今几家人分住，李姹和她奶奶，住的是里面那个跨院的正厅和楼上的一间耳房。李奶奶当时正坐在天井里洗衣服，用的木制搓衣板，都快磨平了棱，那粗铁皮焊成的盆，光一个盆就很有点分量，也不知加了水有多沉；李奶奶的脚小时候缠过又放大，比正常脚畸形，比真正的小脚正常，俗称“解放脚”。长着这样一双脚，端起盆来恐怕走不了多远。水溅了一地，天井里的青石板，在灿烂的午后被水花和泡沫这么一洗，更是泛出洁净喜人的光泽来。

“这葵花你不能画成圆的，窍门就在这儿，葵花都向阳了，斜朝着太阳，就得画成椭圆的……就是你家阿油，不对，你家李嫣文具盒里，那镜子的形状。”我教得很卖力，边教边比画，把屁股下的小竹凳挤得吱呀作响。

“哦……”李姹若有所思，好像明白了什么，葵花的形状即刻就完美呈现出来。这家伙，内里还是有几分灵气的。

“走，我们上楼玩去！”画了会儿画，又温了会儿功课后，她对我说道。

踩着已经脱了漆，不光发白而且连纹理都露出来的木楼梯，我和李姹往上噔噔噔走了十来级，一边走，一边透过木栏杆，看见奶奶在下面仰着脸嘱咐：“小姹，别爬树啊！”

爬树？我觉得很奇怪。“爬什么树，楼上还能长出树来？”我问。

“别声张，”李姹冲我挤了挤眼儿，从来没见她有过如此调皮的模样，“跟我来你就知道了，咱们去采马桑，可好吃啦！”

“马桑？”我一听来了精神。马桑也就是桑葚，像超小号的葡萄串，小学校门口小摊摊上有卖，两三分钱一饭勺，我妈不让我买来吃，说小摊摊上的东西，乱吃会得猩红热，何况摆这摊卖零食的老胖奶，好像不喜欢洗澡，身上有一股怪味道。

“嗯。”她拉着我的手，进了楼上那间耳房，也就是奶奶和她的卧室。

房间不大，靠窗铺了张大床，床单是白底带青色和粉红色竖条纹的，洗得很旧那种，花色也像老奶奶爱用的。屋里再放个小五斗柜和一架很旧的缝纫机，就没多少可以走动的空间了。

我在她示意下，坐到床沿脱鞋。“轻点儿，”她悄声说，“别让奶奶知道咱们脱鞋上床了！”我俩一起把脱下的鞋蹑手蹑脚搁楼板上。

一上床她就把我往窗边拉。“文具盒！”我大叫。只见枕头边靠墙一侧赫然端放着一只跟阿油那只一样大的皮面吸铁石文具盒，它跟这家的环境有点格格不入，像是凤凰飞进了鸡窝，很是扎眼。

我挣脱李姹的手，一把够到那只文具盒。果然是人鱼公主耶！金色的长发翻着海里那种波浪，上身穿着粉红色的纱衣，就像通常的公主模样，下身却是一条海青色的鱼尾巴，正在翻卷腾跃。公主的视线执着地朝着岸上一座华美的宫殿，那里面住着她心爱的王子。哇，公主的眼睛水汪汪的，好像马上就要有眼泪流出来。

“看这个干吗？这个又不好看。走，我们采马桑去。”李姹来夺我手里的东西。

“给我看看，就看一会儿，一会儿！”我一边说，一边拼命甩开李姹，打开那只神秘的文具盒。

真是太奇怪了，里面并没有阿油文具盒里五花八门的各色铅笔和香橡皮，确切地说，里面连一支笔、一件文具也没有，却放了小半盒的……珠珠，是的，是大小不一的彩珠，最大的几颗，跟下跳棋的玻璃珠子差不多大，其他多半，却是算盘珠子那么扁、绿豆那么大的，有大红的、粉红的、宝蓝的、嫩黄的、雪白的、墨黑的……色彩饱和度很高，都不透明，粗看像塑料，其实是玻璃，煞是好看！小女孩哪见过这种阵势，就跟见到了一堆所罗门王的宝石，我一时看呆了。

最离奇的，是没有镜子……等等，镜子有是有，但在镶镜子的地方，又嵌进了小半张照片。再看照片上，有三个人，一个是刚在天井里见过的奶奶，脑后梳一样的发髻，头发比现在可黑多了，还有个胸前戴了只大像章、梳翘翘辫的小女孩，被抱在一个男人怀里。照片有一边是毛的，显然被撕去了一半。

“这个……是你吗？”我指着小女孩，有点不能确定。

“是，我爸抱着我。”

“那李嫣呢？”

“李嫣……”李姹有点嗫嚅，“李嫣小时候很可爱的，跟我长得一模一样，我妈抱着呢……不过，我奶奶不喜欢我妈，就把有她俩那半张给撕掉了。”

“撕掉了？”在我马小茜接受的教育里，对如此复杂激烈的家庭关系，一时还理解不过来。

“嗯，”李姹想都没想就轻描淡写地说，“我奶奶本来不同意我爸进歌舞团的，她说我爷爷给我爸取名叫李人杰，就是希望他去做大事，出人头地，没想到他不光进了歌舞团，还娶了个女戏子！”

“女戏子？！你就这么说你妈？”

“不是我……是我奶奶一直这么说。”

“那你跟李嫣……怎么不说话？”

“这个嘛……你得去问她。”李姹的眼睛忽然有点像人鱼公主，想往外冒水气。

“这些珠珠真漂亮，你从哪儿弄来的？”我连忙转移话题。

“我爸给我的，他从歌舞团里不要的旧演出服上拆的。你看，这儿还有几朵珠花。”她掀开文具盒里的夹层，几朵电光片盘成的珠花立刻映入我的眼帘，真奇异呵，普通的花只有色没有光，可这几朵花亮闪闪的，红底儿、黄底儿的花瓣，各自有五重，开得像几朵大梅花，还用绿丝线缝了花枝，这些花枝同时也把花朵们缠在了一处。它们一定曾经在哪个名角儿的衣角、裙边待过吧，我陷入一阵遐想，是阿庆嫂还是吴清华呢？它们和名角一起在台上的时候，也会用名角那样的眼光看台下的观众吗？

“快别发愣了，奶奶要是上楼来，我们可就吃不成马桑了。”耳边响起李姹的催促。

“在哪里？”我被提起了兴致，“哪儿有马桑啊？”

“这边！”李姹声音还在响着，人却不见了。再一看，她已经翻过窗台，爬到了窗外。原来窗外脚底下沿这层楼的地板，还伸出一片屋檐，蓝天下青灰色的屋檐，有着微微向下的坡度，却没有公园里儿童滑梯那么斜，李姹这会儿可以很平稳地赤脚站在上面。

“你也翻过来。”她示意我。

“翻过去？哪儿有马桑啊？”

“那儿！”

顺着李姹手指的方向，我看到了一棵树，居然真的是一棵树，一棵马桑树！那树在初夏的阳光里静谧地绿着一头的树冠，是的，从我们的角度，只能看到它浓密的树冠，轻风吹拂，树叶有时摇一摇，有时又停住不动，浓密的树叶，纷披的阳光，有几根树枝都探到李姹家屋檐这边来了。至于下面的树干，沉在李姹家后面另一座院子里。确切地说，我们看到的只是半棵树——一棵树的上半身，可是，这半棵树却比我先前看到的任何一棵树——包括教室门口的那几棵白蜡条——都更像树，都更加意义非凡，因为，我们居然可以不用爬树，眼看着就能亲近它，享用它甜美的果实。在规矩太多的童年时光里，这棵树的直奔主题，令我无比欣喜。李姹的意思，就是我俩可以赤着脚，小心翼翼地蹭过去，坐到屋檐边上，让树上的果子，成为我俩随手可摘的美味佳肴。她看来已经把这条路蹚熟了。

站在床上爬个窗台，显得特别容易，一旦翻过去那边，脚要落到屋檐上，就有点难度了。在我，毕竟是第一次赤脚爬房顶，又新鲜，又有点战栗。李姹一手扶窗台，一手将我扶过去，站稳了。“不用怕，像我这样，把裤腿卷起来，不然会被裤脚绊到，踩瓦棱，别踩瓦沟。”她连连叮嘱。那窗台被磨得连深黑的柴纹都露出来了，油亮油亮地泛着光。

李姹家这楼房是丽湖这儿的老式砖木结构，房顶是斜搭的人字形，椽子跟椽子之间，一溜溜先铺上向下凹的大方瓦，然后在方瓦跟方瓦之间的缝隙处，再一溜溜扣上向上拱的圈瓦，这圈瓦就像纵着剖开的大半个竹筒，有茶杯口那么粗。这样一来，要是遇上下雨天，雨水打在屋檐上，在圈瓦铺成的瓦棱上根本待不住，会流到方瓦铺成的瓦沟里，再顺着瓦沟一路往下，最后跌落到后院去。这就是传说中的瓦沟水。雨大的时候，瓦沟水很是壮观，会在屋檐下形成水帘，时间长了，还会在地上砸出窝窝来……

不说瓦沟水。我们现在正站在瓦沟之上。这片屋檐向阳，瓦沟里一点苔痕也没有，瓦棱就更是干爽无比，青灰色的圈瓦上甚至透出烧制过程中形成的细小气孔。瓦沟是不能踩的，一踩方瓦就会碎，碎了屋子就会漏雨，瓦棱就不同了，它结实呵，怎么踩都没事。我和李姹手牵着手，慢慢踩着一条条瓦棱，跨过一条条瓦沟，往屋檐边走。我一句话也不敢说，连呼吸也屏住了。我妈要是看见我现在这个样子，心都会从喉咙里跳出来。幸好她不在跟前。要是我不说，她一辈子也不会知道。人在儿时冒的那些险，很多时候只有天知道，而天要知道的事情太多，时间一长，恐怕也记不住那么多了。我也从来不知道，光脚丫踩在瓦楞上的感觉，竟然可以这么稳。

李姹先到的屋檐边。我跟她还差一只手臂的距离，再也不敢走过去。然后两人就地选了条瓦楞坐下，李姹的双腿在檐边自然悬垂，我的呢，虽然够不着檐边，人坐在瓦楞上，腿顺着瓦沟一搁，倒也颇为自在。

“终于坐下来了！”我庆幸道，“今天真惊险啊……”

“这算什么，有一次我抱着这根树枝慢慢爬，都爬到树上去啦！”

原来奶奶说的爬树是这么回事。外表文静的李姹，有点天不怕地不怕。

“你就不怕被你妈骂？”

“我妈？她恨不得一百天都不来这边一回。以前他们在缅石，很少回来，那边太远了，公路老塌方，不好走。有一次过年，只有爸爸一个人回来，回来了，还常常唉声叹气。奶奶就骂他不争气，连媳妇都管不了。后来李嫣告诉我，她和我妈是在团长伯伯家过的年，团长伯伯家里还有电唱机……其实，我觉得我爸挺可怜的。”

“那你后来怎么从树上下来的，又爬回来吗？”我问。

“怎么会，越往这边，树枝越软，爬回来很危险的。是后院的杨阿姨下班回来，用她家梯子把我接下去的，我那天从后院绕回前院，奶奶正在忙着腌酸菜，什么也不晓得，我偷偷从她身边光着脚溜过去，上楼来穿鞋，她也没发觉。要不是后来杨阿姨跟她说，她哪里会知道我爬树的事。”

“唉……”我居然有点可惜，我们小孩子的秘密，不管有多精彩，也不管藏得有多好，为什么到最后总要走漏风声呢？“这个杨阿姨，管得还挺宽。”我仿佛自言自语。

“杨阿姨？她这人还行吧，只是告诉了我奶奶，没去跟陈老师说。”陈老师是我们班主任。

“她还认识陈老师？”

“你不知道吗，杨阿姨就是李研他妈，李研家就住我家后院。只不过两个院子各走各的门，平时大家也遇不到。”

“什么？你是说……咱俩偷吃的，是李研家的马桑？”我差点想爬起来就跑，我可不想给那鼻涕腔抓住什么小辫子。

“这树才不是他家的呢，是大家的。这院里住的又不止他们一家。……你坐着别动，我摘给你吃。”

我忽然有种说不出的惬意。一来马桑树不是鼻涕腔家里的，这让我很释然；二来，我居然可以坐在房顶上随手摘最新鲜的马桑吃，可以不用担心学校门口老胖奶的传染源。天那么蓝，树那么绿，在小风的吹送下，李姹柔顺的头发和树叶一起，朝同一个方向翻飞，树叶沙沙作响。原来树叶被集体掀起来的时候，下面是发白的绒面，很快又复原，绿得亮汪汪。李姹的脖子也很白，平时躲在头发下看不到，现在，头发一飞，小白脖子露出来，上面也有乖乖的小绒毛。很快，头发又回来了，黑褐色的头发，发丝细而亮。

那天的马桑仿佛代言了我们前世今生的尊享，我后来再也没吃到过这么多、这么甜、这么美的马桑。天真蓝啊，而且高，几缕云淡得飞起来，一抹两抹的样子，我不知道它们能不能飞得有天那么高，但知道它们飞得一定会比天远。那些关于未来的气息，充盈在两个小姑娘与蓝天之间，不可知的未来，没有形状和声音，不是云，也不是鸽哨，但却能够侵入人的内心，温润而熨帖，让人觉得有个什么东西踏实地镇在那里。我们什么也不怕，我们还有未来。

“以后，我绝不会和那些我不喜欢的人一起，在这片天空下生活。”李姹忽然很用力地说，还特别对“这片”两个字，重重强调了一下。

4

阿油学习不好，刚开始只是我知道。阿油太时髦，她扎起的两把小刷辫，有烫过的痕迹，她吃上海泡泡糖，穿格子花呢的双排扣小大衣，下身的三合一（当年流行的一种面料）小西裤，裤线熨得笔挺。这么漂亮的孩子，连小学校爱赶时髦的年轻女老师，见了这个小人，也要没来由地陪上许多殷勤，更何况同班又同龄的孩子——没人怀疑她见过大世面。见过大世面的孩子，学习会不好吗？没有人会这样想问题。

她喜欢抄我作业，我不让她抄，经常手把手教她算算术，刚开始她还听一下，听着听着有点不进脑子了，她就装出听的样子。到后来，她连装也不想装了，课间休息，我一走开，她就偷拿我作业。我说："你这样不行的，抄作业的人是小偷，偷的东西永远不是自己的，你就永远学不会这些知识。"她说："你这样也不行的，老师分派你带我，我在缅石学习不好又不是一天两天了，可是这儿的人不知道，还以为我学习好。你不让我抄，教我？连老师都教不会，你会很费劲的。到期末我考不好，大家会以为是你的责任。"阿油就是这样，总能讲出些歪理来。

放学了，她和我一起走出大门，门口遇到个二赖子，歪戴一顶军帽——那年头其实哪哪都是军帽，因为军帽是时髦的符号——嘴里还刁根烟，上来拦住我们，冲着阿油就是一句："小烂屎！"在我们丽湖市，女孩子被人叫作烂屎，是件很屈辱的事，比被叫成骚货还难听。这个词，绝对不会出现在有教养的人家和有秩序的学校，所以我当时很震惊，不想惹事，拉着阿油就想绕道走开。

没想到，阿油手一甩，挣脱我的手，忽然变成只小斗鸡，浑身的羽毛都支棱了起来。此刻的她，竟连一点怕意也没有，仰脸直瞪着那男的，脱口说出一句很经典、很押韵的话："烂你妈兜草纸！"

那天英语作业发下来，阿油本子上批的是"节格"，我的也是。这没什么好奇怪的，苏老师那人很懒，批作业向来只有两种标准，“节格”和“不节格”，像这种抄抄课文的作业，她批个“节格”，算是最好的评价。

可是阿油爸爸很生气，他作为家长，在检查完阿油作业以后，在上面接着批道：“我家李嫣在缅石是个好学生，经常得‘优秀’。另外，老师‘节格’的‘节’字，好像写了错别字！”结尾用了个大大的惊叹号，可见阿油爸爸有多生气。

可是阿油私下告诉我，她才没得过什么“优秀”呢，她爸那人，就是死要面子。我问：“你爸是干什么的？”

“在歌舞团管灯光。”她说。

苏老师看到阿油爸的批语，显然有点生气。再上课时，苏老师说：“李嫣……也就是阿油的爸，说阿油是个优秀的好学生，同学们，你们信吗？”

看见老师一边说一边很不以为然的样子，鼻涕腔李研带头，大伙恶作剧地齐声回答：“不——信！”说完一起嬉笑着朝阿油这边看。

阿油突遭此变，显然一下被激怒了，低下头，涨红着脸，眼睛不时朝上，翻苏老师两眼，嘴里断断续续嘟哝着：“烂屎……烂……屎……”我坐她旁边听得很清楚，赶紧扯她两下，示意她别这么大声，让老师听见可就麻烦了。

“什么……你说什么？小屁勒你敢再骂一句？”不幸的是，苏老师显然听到了阿油嘴里的骂辞。

“我就骂，就骂，”阿油头一昂，努力压抑着的野性忽地迸发出来，脱口一句：“烂屎婆娘！”说完哇的一声哭出声来，边哭，双手边不停抹眼泪。

“好，阿油，李阿油，算你有种！同学们都听见了呵，李阿油骂老师不说，还用了难听的脏话，这还了得？！从今天开始，全班孤立李阿油，你们谁敢跟她说一句话，谁就是不学好，我就请他家长来开会。李阿油同学必须做出深刻检讨！哪天她把检讨写出来，当全班的面念过，征得老师和同学的原谅，哪天大家再理她！”

规矩就这样定下来，阿油同学因为骂了苏老师脏话，我们都不能和她说话了。虽然大家都听到苏老师骂阿油“小屁勒”，虽然“小屁勒”这句话在我们丽湖，也不是随便一个大人就能对孩子骂出口的，至少不能从老师嘴里骂出来，但规矩是老师定的，老师如果也骂人，也许是那人本身欠骂；也许老师不是那个意思，是我们大家听错了吧。

虽然如此，再批改作业时，苏老师还是做了一点调整。于是我和阿油的评语变成了“结格”，淑萍的是“不结格”。我们一伙小学生倒没觉得这有什么，“节”字变成“结”，老师兴许是想像换衬衣那样用用不同的字吧，想想看，天天用同样的字，多无聊，多单调呵！

阿油日子难过起来。这段时间没人敢跟她玩了，别说是玩，连一句话也不敢跟她说。小学生最怕什么，最怕老师说要见家长，这老师跟家长一旦见面，不说火星撞地球，也差不多是让小学生撞上了最倒霉的时候。我就亲眼见过淑萍妈妈被苏老师叫来，远远在操场另一边，淑萍小小一个人被夹在两个大人中间，大人你一句我一句说得热闹，说的什么听不清楚，总之没有淑萍说话的份，她只是低着头，袖着手。两个大人说一句，戳一下淑萍太阳穴，淑萍一左一右两边太阳穴就都没闲着，可怜的脑瓜被戳得像个钟摆似的，左一下，右一下，摆来摆去，没完没了。那一幅夕阳下的剪影，成了四年级（4）班多年以后依然深刻而抹不去的集体印象。

没谁理阿油。李姹虽然跟阿油是亲姐妹，本来就不亲近，这会儿更有理由躲她远远的。我烦她成天抄我作业，没个长进，也趁机冷落冷落她。淑萍怕死了见家长，更不敢理阿油，哪怕阿油带来上海泡泡糖也不敢理。阿油先是扯开一颗糖的包装纸，把糖纸递给她，她不要；阿油又从整颗糖上揪下一小块给她，她难过地摇摇头，那头摇得像拨浪鼓，好像要把先前嚼阿油嚼过的糖胶那会儿心中所有的不快和屈辱，一起从脑海中半点不留，全部摇走。这下轮到阿油自己不好意思起来，她有点羞赧，又有点躲闪，下决心似的抽出一颗包装完好的整糖，去抓淑萍的手，要硬塞给她。淑萍吓得跟小耗子似的，一溜烟跑了个没影。别看她小个儿，在班上短跑还拿过名次的。

这之后我还看见过一次阿油想勾淑萍的馋虫，她从家里带来一枚又大又饱满的鲜李子，那李子黄得发亮，透明得好像马上要滴蜜水。阿油把这李子往她那吸铁石文具盒上一放，于是我们一边上课，一边就能闻到一阵又一阵初夏特有的果子的清香。大家都强忍着，当然首先是淑萍强忍着，忍过了一节课，也没见淑萍回头朝这边瞅一瞅。课间阿油灵机一动，拿起鲜李子，张嘴咬了一大口，一边咬一边吸吮，免得汁水四溢出来，完了再把剩下的半个李子放回文具盒上。这一招颇为奏效。那李子如果原来完整地放在文具盒上，还只是油画里的静物效果，现在活生生就还原成了能吃的东西，而且咬开以后，那断口的皮相和晶亮、晶亮含着汁水的果肉丝，散发出更浓、更真切的果香……连我马小茜心里都不得不承认，这景象岂止是诱人，简直就有点让人迷醉了。阿油这一招的直接后果是，李研的同桌周淑萍同学终于在第二节课上回了头，朝文具盒上的半个李子深深剜了一眼，如同行注目礼，然后，一边继续她的强忍，努力回过头去，一边嗓子眼艰难地动了一下，那是刚刚滑下的一口既令人惋惜，又大势已去的口水。

连淑萍都拉拢不过来，阿油甚至有点绝望了。她如今在学校是如此孤单，孤单得让她有点噤若寒蝉，失去了往日的优越和骄傲——如果这骄傲曾经在她所拥有的华服美食中存在过的话。她下了决心，谁也不知道她这决心到底有多大，但这一次，她使出了从来没使过的撒手锏。在班主任陈老师的课上，她有点讨好地对我开了口。她知道她是陈老师派给我的活，一来我当着陈老师面不会给她吃闭门羹，二来，我要是带不好她，她有权向陈老师告我的恶状。

阿油说："下星期六晚上我爸妈他们剧团演《杜鹃山》，我有一沓票……只带你一个人去看，咱俩想坐哪里，就坐哪里。好不好？"

滇剧《杜鹃山》是那段时间风行丽湖的一个节目，歌舞团从前上演的节目也就是扭扭花灯，抖抖扇子，只因为最近冒出一个新秀潘薇，就撑起了一台戏。此人据说出身梨园世家，父亲被打成老右以后，她本人也失去了继续升学的机会，初中毕业就下乡当了知青，因本人刻苦努力，表现不错，又有文艺细胞，被抽调到市农建大队，名为修公路，实为搞宣传，后来又从农建大队被吸收到了歌舞团。这人相貌、身段都不错，并且浑身是戏，歌舞团因为有了她，整合起了一批散兵游勇，都准备分出一个滇剧团了。阿油父母也不知仍留在歌舞团还是去了剧团，只听阿油一会儿歌舞团、一会儿剧团的，好像两边都是她家。作为那儿的子弟，别人弄张把戏票显得很稀奇，阿油手上捏一把票，那真是小菜一碟，这点我完全相信；同时我更清楚，阿油手里捏着一沓票想来班上讨好同学们，但在她没当众念检讨求得大家原谅之前，谁也不敢搭理她，她的票一张也送不出去。我倒没被《杜鹃山》本身吸引，电影、小人书我都看过，故事情节早就知道。说实话，我是被阿油后半句话说动了心，想想看，“想坐哪里，就坐哪里”，我长这么大无论看戏还是看电影，都从来没这么自由自在撒欢过，好像戏院是我家开的一样，那该多爽啊！再说了，哪怕全班同学都不理阿油，我马小茜却可以理她，因为我是班长呵，且不论她还是陈老师分给我的帮扶对象，即便她不是，班长也有责任帮助任何一个后进同学，这责任义不容辞。我就此答应了阿油。

5

星期一，全班照例检查个人卫生，先是各小组自查，看看大家是不是勤洗澡，衣服有没有换，指甲有没有剪，该理发的是不是头上依然顶着蓬乱草。小组长检查完自己的组员，要把结果汇报给班长，由班长进行确认，最后汇报给班主任陈老师。

这个星期查得特别严，因为马上要校庆了，年级组长待会儿要带着各班班主任，挨班进行巡察。

当日早自习，小组长检查完告诉我李姹没洗澡，耳朵背后有“凹糟”，就是黑泥。我掀起李姹的头发，先看她的后脖颈。李姹童花头后面的直发留得稍长，盖住了领口。不掀开不知道，掀开一看吓一跳，李姹脖子细白的皮肤上有隐形“山水画”——长期不洗澡，脏东西或龙或蛇都糊成形了，耳朵根子上就更加，脏得人不忍心看。那年月，丽湖人家家都没有卫生间和淋浴房，洗澡要么到公共澡堂，要么在家烧盆水用毛巾擦擦了事。公共澡堂只有大单位才有，还不是人人都去得了，不是大单位的职工，就得在大单位有亲戚朋友。像李姹这样，父母长年在外巡演，她跟着奶奶，奶奶没单位，原先在街道上帮制药厂糊糊纸盒换点饭钱，后来管得没那么严了，老人就在她家老房子门口摆个小摊，自制点酸萝卜、腌橄榄，三文、两文卖给路人，倒比糊纸盒强不少。只是老人被这点小生意一牵扯，帮孩子打理的时间自然就少了。李姹脏点本来不关我的事，可要是因为她影响了班里这周的操行分，我这个班长可就有责任了。老师来之前还有一点时间，但是去水龙头那儿冲洗已经来不及了，我急得脑门冒烟，正想辙呢，阿油忽然冲过来，连拉带拽，三人一起来到教室门背后。

“呸！”阿油狠狠朝自己手上吐了泡口水，另一只手就去扯李姹。

“你干吗?”面对自己的孪生妹妹，李姹竟然有些怯怯。

“你说干吗？屁儿鬼！土包子改不了土的本性，叫你丢爸妈的脸！”阿油压低声音恨恨骂道。屁儿鬼，在丽湖就是又脏又臭的家伙。阿油一边骂，一边伸手到李姹耳朵背后，要帮她搓泥。

乖乖的李姹忽然在我眼前变成一头小狮子，她猛地将阿油推开，推出门背后，阿油踉跄着倒退几步，差点跌倒，被讲台挡住，顺势一屁股坐在水泥讲台边，仰脸扑闪着大眼睛，一下没闹明白眼前的情势。

“嫌我给他们丢脸了是吧？你告诉他们，我丢脸，那也是他们丢我这个人在先！他们不要我，还不许我不要脸吗？”李姹闪着和阿油一样漂亮的大眼睛，里面却没有阿油那种疑惑，有的只是激愤，她身体有些发抖，脸白得吓人，眼睛里，一滴泪也没有。

全班本来闹哄哄的，这会儿全都鸦雀无声，看着眼前这一幕。

多亏了淑萍，把她随身喝水的旧背壶递过来。我从里面倒了点水出来，赶在老师到来之前，帮李姹清理干净了耳根处的黑泥。后来老师进来了，撩起了李姹的头发。根据小组长举报，老师要查看她后颈上的凹糟。结果发现，那儿什么也没有，只有红红一片的皮肤。我也是在那天，发现同学李姹其实长得很白，皮肤很细。我甚至觉得，李姹如果没那么白净，是不是皮肤上的黑泥也好，红晕也罢，全都不会那么明显，不会让人一眼就看出来呢？

那天检查结果，有两个“鼻涕龙”被老师勒令，当着全班的面，用发给的一小块草纸把鼻涕擤干净。李研在一旁幸灾乐祸，怪模怪样，学人家擤鼻涕的动作。他是鼻涕腔，但不是鼻涕龙，他当鼻涕龙的时代已经过去，只留下鼻涕腔这个后遗症。另有几个长指甲，被陈老师交给以生活委员为代表的几个心灵手巧的女同学，让帮他们剪。淑萍被查出裤脚太长，长到拖地，拖得脏兮兮的，还起了毛边。陈老师让淑萍先把裤脚卷起来，藏起又脏又破的裤脚边，别让来巡察的年级组长看见。“回家让你妈帮你改一下。”陈老师最后说。

不管老师说什么，淑萍全都一一答应，这会儿正埋头忙着卷裤腿。她的同桌李研忽然站起来：“报告老师！”

“怎么回事？”

“周淑萍穿了条男人裤！”李研哇哇叫着检举。

课堂上立刻有人发出哧哧的笑声。

“我没有！”淑萍大声辩白，她站起来，她个子小人小，一张脸也是小脸。苍白的小脸，迫切的眼神。

“就是男人裤，前面通个洞。”李研边说边比画。

男生一片哄笑，女生也有人开始交头接耳，有几个人够过头来朝淑萍身上看。

淑萍放声大哭。

陈老师做了个让大家安静的手势，走下讲台，朝淑萍这边走过来。

淑萍这时已经哭得上气不接下气。

陈老师走到淑萍身边，一只手轻轻抚了抚淑萍的头，帮她理了理哭毛了的头发，慢条斯理发话了：“周淑萍同学艰苦朴素，穿她哥哥穿小了的裤子，大家不要笑她！”

6

星期六好像是过了很长时间才到的，说实话，我心里都开始盼着和阿油一起去看戏的日子赶快到来了。戏院离我家很近——丽湖这座城本来就很小——从我家几乎是绕过一道院墙就到了戏院。那年头大人们都很忙，不是忙着战天斗地，就是成天没白没黑地开着没完没了的会。我爸是地质郎长年不在家，我妈是小学老师，除去正常课时，出去加班开会是常有的事，有时还要带高年级学生外出野营拉练，几天都回不来。学龄前我曾经有过整个下午被母亲反锁在家、勒令睡午觉的经验，房间里门窗紧闭，黑乎乎的，我觉得床底下都是鬼，又始终不敢看。我不是那种爱哭爱闹的小孩，本能地觉得不出声恐怕不那么容易吵到鬼，于是就一直不出声，但是不出声的静寂并不能吸附走心中所有的恐惧，相反，那恐惧慢慢放大成绝望……如果不是门板高处一个空的木节圆洞拯救了我，我想我早就被吓成了傻小孩。外面的日光从那半个鸡蛋大的小椭圆洞口透过母亲用来糊墙的白色试卷纸照射进来，形成一道斜斜的光柱，光柱越往地上，光线越弱，但在光柱开始的地方，有好多细小的粉尘在飞。我心想，你们在哪里飞不好呢，非要跑来和我被关在一起。这么一想就觉得有伴了，而且是有很多伴，无数的伴……我并不知道，其实粉尘在世间无处不在，只是这一柱粉尘被照亮了，才被人注意到它的存在。有了它，我心里亮堂不少，小圆洞成了禁屋中的小月亮，我看着看着小月亮，好像真的看见了大月亮，沉入了月亮指引的梦乡。

我这么说是想说明，在那个年代，家家孩子不止一个、两个，大人又忙，对小小孩再怎么不放心也只有强锁那一招，小学四年级学生似乎已经是大孩子了，大人既然没办法陪孩子，也只能装出放心的样子，随他们去吧。所以那时的学校门口没有今天这种家长接送独生子女，盛况空前的景象，反倒经常能见着满街孩子，三五成群，到处乱走——就是乱走也没听说出过什么事，可能坏人都被那时的专政力度吓坏了，不敢轻易起坏心了。

总之我和阿油没费一点周折就在戏院门口碰面了。她问我想坐楼上还是楼下，这戏院分正厅和楼厅的。见我左右为难的样子，阿油一句“算了算了，楼上楼下咱都坐坐”，拉着我就往楼上跑，小孩对登高永远有着无尽的好奇。到了门口，有个验票的胖阿姨招呼说：“小嫣来了？还带了同学吧？”阿姨笑笑的，票都不看就放我俩进去了。票是1排1号、2号，我想都不想就往边上走，阿油一把拉住我说这票分单、双座，咱俩的票正好在第一排的正中。我一看可不是吗，观众席被纵着一分两半，面向舞台从中间到左边，1、3、5、7、9……全是单号，从中间到右边，2、4、6、8、10……全是双号。楼厅呈阶梯状，排数越靠前，越得往下走，我和阿油就这么一步步走下台阶，大模大样摸到了前排正中两个位子上，把坐板往下一扳，人还得踮着脚才能把屁股搭上去。人小座位宽呵，缩进座位好像就给包了起来，不端坐也得端坐了。

这位子真不错。可以从高空俯瞰舞台的正中，视线没有半点遮挡，所有来看戏的人，不是在我们后面，就是在我们下面，顶多……在我们左右两边，谁也没我们那么正，那么中心。一个字，爽！舞台正中拉着朱红色的天鹅绒幕布，两侧跟幕布等高，各有一个竖的字幕框，我一心一意专注在一行行投射出的字幕上：

——滇剧《杜鹃山》

——根据同名革命现代京剧改编

——演出：丽湖市滇剧团

……

阿油完全不是我这种态度，她显然对眼前的一切早已习以为常，没什么新鲜感了。她关心的是另一个问题，内心无比纠结："小茜，你看同学都不理我了，连周淑萍那个馋屁股（丽湖人管馋猫叫馋屁股，这个词在丽湖倒没什么粗口意味）都不吃我的泡泡糖了，你倒是帮我想想办法，出个主意呵……没人跟我玩，我都闷死了！怎么办呵？"

"怎么办，老老实实写检讨呗！"我没好气地说，不想接她的话茬，戏随时都可能开演。

"哎呀，检讨那么容易写就好了，何况还要当着全班的面去念，多难为情呵！"

我回过头来："你也知道难为情呵？难为情你还骂苏老师那么难听的话！"

阿油先是一愣，忽然打定主意的样子，神神秘秘贴过来咬我耳朵：

“你知道吗，苏老师原来是在保顺乡下当音乐老师的，她的英语是临时学的，她能调到丽湖市，是有秘密的。”

“什么秘密？”

“她跟保顺的书记睡过觉！”

我很惊讶，整件事都觉得惊讶。我不知道睡觉是什么意思，反正一定不是一般的睡觉，不是拉开被子倒头就睡，也不是像李研和淑萍那样，上课时一起趴在课桌上打瞌睡，而是件很丑、很让人脸红的事。这种很丑、很让人脸红的事，怎么会发生在很严肃、很让人尊重的老师身上呢？我无论如何都想不明白。而且发生了以后，老师怎么还可以这么严肃、这么威严呢？也想不明白。还有，这么秘密的事，怎么偏偏就让阿油知道了呢？

“我不信，你瞎说！”

“真的！歌舞团大院里好多人都知道。潘薇阿姨就是保顺人，跟苏老师是同学。”

“谁是潘薇阿姨？”

“你连这都不知道？！”阿油脸上露出不屑，“潘薇阿姨，等下出来演柯湘的那个啊，我们团里的台柱子。啧啧，所有戏的女一号，差不多都是她的菜……你不信？你不信等下我带你到后台去，领你看看不演戏时的潘薇阿姨是什么样。”

我没理她。我不理她不是因为我对潘薇不感兴趣，相反，演员和名角在小孩眼里具有天然的明星效应。如果大人不说破，小孩会以为那演员一直和角色长在一起，比如我们看完戏散场回家了，柯湘却仍然是柯湘，回不到潘薇，她干吗要回到潘薇呢？潘薇多平凡，柯湘多神气呵。没错，小孩就是这么想问题的，要不怎么叫作小孩呢。再说了，潘薇得具备多么神奇的能力才演得了柯湘呵，她好不容易才扮上柯湘，哪那么容易回得来？我马小茜就不信，一幕戏跟一幕戏之间，柯湘回到后台更衣室，会马上变回潘薇跷着二郎腿嗑瓜子。

说实在的，我心里对阿油的提议很不以为然。但是任何时候，孩子心中占上风的念头，除了好奇，还是好奇。我根本不可能抵御内心想去后台看潘薇的好奇，但是这一会儿，我之所以还那么沉得住气一声不吭，是另有原因的。是的，因为我当时完全呆住了，我在居高临下目力所及的范围内，看到了自己的熟人。

我先是确信自己看见了鼻涕腔李研，他戴着他那顶招牌绿军帽。城市太小，哪里都遇得到熟人，这毫不奇怪，奇怪的是，在李研的右侧座位上，坐着的竟是李姹！他们坐在正厅不太显眼的位置，面向舞台，右侧前七八排的样子。那一片周围空着五六张座位，可能都是赠票，人还没来齐。他们那个位置离正厅右前侧的太平门很近，太平门可不是太平间，太平门是戏院或电影院里供观众进出的侧门，在有的地方又叫安全门。可是在我们丽湖，戏院侧门顶上的灯箱清清楚楚写着“太平门”三个红字。李姹的样子十分的不情不愿，李研凑过来跟她一说什么，她身子就往右边过道斜，好像随时准备直奔太平门一走了之。

我指给阿油看：“你看那是谁呀？”

她顺着我手指的方向看过去，眼神先是涣散了一下，忽地定住了，整个人从座位上跳起来，跳到前面过道上，也不管坐板在她身后因为没顺手按住，发出砰的一声脆响，把周围人都吓了一跳，纷纷朝这边看。阿油才不管这些，这会她已经趴到了楼厅前沿的栏杆上，直盯着我指的方向看。

看了没一会儿，阿油回过头来拉我："走，我们下去看看。"一边说一边拖起我来就往楼下正厅走。"小屁勒，居然拿我爸给的票讨好男生……气死我了，那几张票一定是我爸给她的，我家通常是每场拿回一把票，爸妈两人分分，各送各的人，旁边空着的座位，票就在我手上。我还嫌偏，没带你去坐……"

跑出楼厅门，胖阿姨的声音落在后面："小嫣，怎么戏还没开演就走了……"

我以为阿油会带我从正厅入口进去，谁知她又一把扯住我，往戏院门外走。下了门口的台阶，绕过老槐树，来到一个侧门边。戏快开演了，侧门一般不让进出，顶多只让出，不让进，因此这会儿还关着，一个走动的观众也没有。看门的叔叔在一旁抽闷烟，看见阿油和我两个孩子，挥了挥手就放了行。阿油很熟稔地走上前去，拉开了从外面闩住的门闩。一边动作一边乖巧地说："罗叔叔，你不用再闩门了，我从里面帮你闩上。等下有人出来，他们自己会打开。"

戏院的侧门为了隔音、滤光，一般都设计有两层。每一层门都有两扇对开的木门，里面那层门除了木门本身，还配有跟幕布同等材质的天鹅绒门帘。我们进的这道外门没有门帘，一进去，阿油真把门从里面闩上了。门与门之间的小室忽然变得漆黑一片，那是因为，里侧的门这会儿虽然开着，厚厚的天鹅绒门帘却拉了个严严实实，因此我们看不到一点从戏院正厅漏出的光。

我被这片黑暗弄得不知所措，本能地要挤过去拉那片黑黑的绒布，却摸到戏院做成拉毛的隔音墙，那墙扎了我一下，我缩回手来。阿油就在这时拦住我，悄悄说："别动，别吭声，在这儿静静待会儿！"

我依言安静下来。一安静，反倒听见了外面的动静，演出还没开始，外面坐得离太平门最近的人，说话声听得很清楚。

"你比你妹李嫣长得好看，真的，"是鼻涕腔李研的声音，"你长得像白雪公主，头发下面这儿，弯弯的。"虽然看不见外面的情形，但我猜李研说到这里，一定拿手在李姹发梢那儿比画了一下。

阿油显然被激怒了，我听见她直喘粗气的声音，但人却一动不动。此时此刻，她和我都想听到李姹，平时文文静静，这会儿却知道和男生一块出来看戏的李姹，会是什么反应。

"你就只管瞎说吧，双胞胎都长得一个样。我妹嗓子比我好，唱歌很好听。"李姹说。

"虽然长得一个样，你跟她是两回事……怎么说呢……她如果是猴子，你就是桃子！"

李姹咯咯笑出声来。"可是猴子都喜欢桃子，我妹一点也不喜欢我。"

"唉，我爸也不喜欢我，老不来看我……"破天荒地，听到李研叹了一口气，"我家只有妈，你家只有你奶奶……"

"你爸上哪儿去了？"

“我爸？我妈说他在部队上，天天忙着保卫国防，老回不了家……不过我听别人说，在老阴山顶上见过我妈几次，提着个篮子在仙人洞旁转悠，她跟人家说是上山去摘黄泡、紫泡，我看不是。”丽湖一带出产美味的山间野果，因颜色的不同，被老百姓俗称为黄泡、紫泡、白泡、红泡，“泡”字念第一声，黄泡甜，紫泡香，白泡不太甜也不太香，但是能吃，红泡据说被蛇舔过所以变红，因此红泡有毒不能吃。现在想来，这些野果应该属于蛇莓一类的东西。至于仙人洞，那是老阴山上的一个天然溶洞，丽湖市的人仰脸能看到它，像一个斜放着的钝角三角板，黑而阴森，小孩子听音断字，以为“老阴山”是“老鹰山”，因此怎么看都觉着仙人洞像是老鹰阴鸷的鹰眼，谁也不会想要到里面去一探究竟。

“为什么？”李姹听不懂，为什么李研妈妈杨阿姨不是去采野果呢，野果当然是长在高高的山上的，就像老阴山顶那么高。

“她从来没带回来过什么黄泡、紫泡，连白泡都没有！倒是有一回过年，家里好不容易买了只鸡，我头天晚上都见我妈整只烧好了，又黄又香又嫩，说是第二天才让吃，硬不让碰。可是第二天我起来一看，那只鸡和我妈一起，都不见了。太阳都快落山了她才回来，提着个空篮子。我问她鸡上哪儿去了。她心不在焉地说，大概给黄鼠狼叼走了，这可恶的黄鼠狼，简直不让人过年……”

“说了半天，你妈到底上山干吗去了？”

“这个么……我只是怀疑……我怀疑我爸不在部队，怕是躲在老阴山上！我妈上那儿是去给他送饭的。”

“啊，你怎么知道？！”

“我家早不是军属了，你不知道吗？三年前，居委会主任带了人来——那段时间你得猩红热，你奶奶陪你住传染病院去了——那帮人很凶，把‘军属光荣’的牌子摘掉了。我妈说，居委会主任只是和她吵架闹了别扭，至于那个牌子，等到她们和解了，还会再挂上去。可是到现在，居委会主任穿我妈给她织的毛衣都快穿烂了，我家也没再看到那块牌子……”

“那你为什么还老戴这顶军帽？”

“这帽子是我小时候我爸给的，当时挺大，我戴上能遮到鼻子，嘿嘿……我又不像你，不喜欢你妈，连美人鱼文具盒都不肯用。我爸……我猜他不是不喜欢我，他一定是遇到什么难处了……我只要戴着我爸给的帽子，就觉得我爸还在身边……不过这些话我只对你一个人说，你要替我保密！”

在看不见的门帘背后，估计李姹冲李研使劲点了点头。只听李研很开心地说：“我说了你和你妹不一样嘛，换成那个叽叽喳喳的好阿油，我哪敢告诉她……”

阿油这回没忍住，一挑门帘冲了出去。我知道要坏事了，赶紧前后脚跟出去。

“有人强奸妇女！”阿油大吼一声，朝那两人前面一排空座位两步奔过去，一边吼一边指着李研，趴到椅背上就要去抓他。

那两人显然被从门帘后面杀出的“神兵”吓坏了，李姹直接就愣在了座位上。李研机灵，一猫身躲过阿油伸过来的手，从李姹跟前一钻而过，直起身来就跑，几步跨到太平门边，顺势往门帘里一钻。阿油气冲冲还想转身去追，我从后面把她堵住。

开演前的剧场不算安静，观众们自顾聊着天，嗑着瓜子，但还是有人注意到了这边闹出的动静，纷纷伸着脖子往我们这边看。

“你这坨憨包！”阿油指着坐在凳子上的李姹说，李姹这会儿吓得不敢吭声，倒是阿油，脸一红脖子一梗，直接厉着声哭起来，“人家都要把你骗上山了你还这么木楞！山上有个洞，你去嘛，那洞里全是小火枪我警告你，你只要敢进去，那些小火枪就会把你脱个精光……然后排着队一个接一个上来摸你！……”小火枪是丽湖人对流氓的统称。

“阿油，你净瞎说些什么？戏都快开演了，咱别在这儿大哭大闹行不行！”我制止她。说实话，我马小茜也是第一次听说这种场面，脸在发烧，既想听她继续往下说，又实在怕她接着说下去。

阿油在抽泣。“李老姹你给我听好了，爸妈工作忙顾不上管你，你可别丢他们的底在外面乱交朋友变成个小皮旦。”小皮旦是丽湖人对女流氓的统称，丢底就是丢人丢到底。

“你嘴脏心更脏，你才是小皮旦！”一直没吭声的李姹，这时面无表情地扬起了头，眼珠朝上直瞪着阿油。

那一天就此不欢而散，我没去成后台看不演戏时的潘薇阿姨，阿油也没能从我这儿弄到写检讨过关的秘籍。

7

苏老师的评语从“节格”“不节格”变成了“结格”“不结格”，

我们小学生倒没觉得有什么异样，可是阿油爸爸简直气坏了，他纠集了几个同学的家长，跑到教导处去告苏老师“误人子弟”，要求学校把这老师撤换掉。教导主任有点想弄明白是怎么回事，就带着阿油爸爸和几个家长一起来到我们班，什么也没说，往后排空位子一坐，只说插班听课来了。

苏老师显然还蒙在鼓里，那节课她正在教我们大家唱一首英语歌。歌是她自己从中文翻译过来的《草原红小兵》。苏老师刚来我们丽湖市反帝小学不久，教书还是很卖力的。

“围利脱瑞得嘎子法勒热帕提，唱。”她打着有力的拍子，教得很投入。

“胃、里、头、累得嘎子，发了热，爬梯。”大家不知所云，七嘴八舌地跟上。累得嘎子？小兵张嘎累得发了热，还得爬梯子？大伙丈二和尚摸不着头脑。

“不是‘累得’，是‘瑞得’，”她纠正道，“帕提色格林色里发，唱！”

“爬梯，赛，个力，赛，理，发……”爬梯子比力气，这个好理解，可是这跟理发又有什么关系呢？

……

阿油偷偷指着后座的一个人，让我看。“那是我爸。”她说。

我用眼角的余光一扫，发现后面有个大人，脸孔长得像一只立正的鸭蛋，只是鸭蛋一头大，一头小，而眼前这只立正的鸭蛋却两头一般大，头上顶着一圈一圈的鬈毛，就是泡泡糖纸上女孩那种，只不过泡泡糖女孩的鬈毛是披散下来的，阿油爸爸的是顶在头正中。

“嘿嘿……”一想到“立正的鸭蛋”这个说法，我就忍不住笑出声来。阿油她爸再怎么一本正经，阿油还不是照拿鸭蛋。

“嘘！别出声，瞧着吧，今天要出事……”

我很惊奇，正想问要出什么事，忽然听见苏老师点名。

“阿油，别讲小话！你站起来，说说看，我刚讲的第一句歌词是什么意思。”

李嫣，也就是我们的阿油，这会儿极不情愿地站了起来。“我……我们，红小兵，从小……从小，练红心……”

全班一片哄笑。本来这种时候，一定是李研转过身来朝这边嚷嚷，但自从上次在戏院狭路相逢以后，李研明显老实多了，一般不敢再主动招惹我们这边。倒是平时胆小的淑萍，忍不住回过头来悄悄提醒了一句：“不是‘练红心’，是‘跟着党’！”

阿油一点也不脸红，瞅瞅左边，又瞄瞄右边，挤眉弄眼，一个劲儿吐舌头。

苏老师正想发作，后排冲上来一个人，而且是个大人。

“你叫我家李嫣什么？有你这样的老师吗，给学生随便取外号？！”

教导主任赶紧走上来，想把阿油爸爸拉开。

“她可以考我女儿，我也来考她一个判断题，判断是对是错，她如果答得出，我马上走！她如果答不出，学校就得让她马上走人，给这班换老师。”阿油爸这席话，显然是冲教导主任说的。

话说到这份上，苏老师脖子就硬起来：“考就考，我还怕了你了？”

阿油爸也不说什么，径自冲向讲台，背对大家，用粉笔在黑板上写了三组词：

节　格　　结　格　　及　格

不节格　　不结格　　不及格

阿油爸才写完，苏老师当着教导主任和全班同学的面，脸就红到了耳根。原来保顺一带的口音，“节”和“结”都发成“及”，苏老师不知道正确的“及格”应该怎么写，两次都想当然，写了错别字。

以后的事，印象就模糊了，应该是阿油爸和几位家长的当众声讨和不依不饶，以及忽然蔫了半截的苏老师的无力辩白。教导主任看见场面有点失控，当即决定，苏老师和家长随他一起去会议室商谈，同学们都留在自己座位上，改上自习课。

我心里一直惦记着一件事，趁这会儿工夫偷偷趴在桌面上问阿油：“你那天说仙人洞里的小火枪排着队，他们为什么要排着队啊？”

“你不懂的。”阿油还处在刚才她爸当众向苏老师发难的兴奋里，并本能意识到，她大概再不用低三下四求我马小茜帮她写检讨了，这时便很不耐烦地对我说：“那是火枪队的规矩！”

火枪还有队？才怪！我白了阿油一眼，心想。

见到潘薇，是不久以后的事。那天是五一劳动节，全市大游行。从前就是这样，一到节日，大人小孩全都上了街，还都排成整齐的方队。又是排队，似乎哪里都缺不了的排队。小孩子排排队没什么，反正但凡集体活动，小到上厕所，大到看电影，都排过队的。可是，看那些平时自由散漫惯了，还经常对小孩颐指气使的大人被领队拘着，排成方队，还得时不常地跟着喊两句口号什么的，那情形，在我们小孩看来，就会觉得挺滑稽，甚至挺解气。

那天游行前，各方队还得集合到市里的露天体育场去誓师。什么叫誓师，我们不会写，也不大懂，以为“誓师”跟“试试”也差不多，相当于游行前还要排练一下游行本身吧。队伍在体育场这么一集合，就有了很多你来我往的回环往复，我们反帝小学正往北挪呢，迎面就来了向南而行的歌舞团方队。当时李研正在跟我抬杠，他一口咬定，说《红灯记》里的鸠山是个社员。

“瞎说。人家公社社员都是向阳花，鸠山是个鬼子，怎么会是社员呢?”我很不以为然，那时有本叫《战地新歌》的歌书很流行，我从小跟着门口放广播的喇叭学，还不太认字就会唱很多首了，其中有一首唱的就是《社员都是向阳花》，因此我说出话来有理有据。

“潘薇阿姨！”只听阿油脆生生喊出一句，口齿伶俐，心情激动，小脸上的毛细血管，霎时全部充血发红。奇怪，她从不叫她“潘阿姨”，永远叫她“潘薇阿姨”。潘阿姨可以有许多个，可是潘薇阿姨，只有这一个。

这一声喊如此真切地定格在我的记忆里，以至多年以后，我都记得那一幕，一群人精一样的人，男的眉目英俊不说，嘴巴也很不省油，聒噪个不休；女的身材窈窕，容貌可圈可点，一个个让人有点目不暇接。就在这群人中间，猛的有个人应声回过头来，哗，一帮小孩顿时全体鸦雀无声——美真的有如此奇特的震慑力，可以男女不论，老少通吃，全都一网打尽。眼前的潘薇，是在她最美的盛年，就像花盛放到了极好处，饱满、丰腴，如同珍珠在珍珠里最闪，宝石在宝石中最亮，所有美好的味觉，无论甜的、咸的，还是干的、湿的，于一瞬间全都在一起勾兑……是的，潘薇的美，让那时的我，连味觉都起了变化。

"小嫣，是你啊？"不愧是王牌女一号，嗓音也很是清越婉转，"你的小姹姐姐呢？"

该死的阿油，那一瞬间我简直嫉妒死她！她怎么能够这么亲近一位仙女一样的阿姨呢？可以自如地跟她说话，还可以得到仙女如此温存的眷顾。

一提到李姹，阿油翻了翻白眼，顾左右而言他。这时的李姹，照例跟我们隔开很远，在视线一下捕捉不到的某个地方藏着。

"是啊是啊，李秀才的双胞胎女儿，怎么只看到一个呢？"

"一生生两个，很累人的。这些年团里四处巡演，哪里顾得过来。他家只带了小双在身边，大双么，从小就留奶奶家了。"

众人七嘴八舌。两个方队擦身而过，渐行渐远。

"姹紫嫣红，我们的李人吉李大秀才还是有点才气的，不叫这姐俩李紫、李红，叫李姹、李嫣……"这句是潘薇的声音，好像在若有所思地自言自语。

我忽然觉得潘薇的声音有点耳熟。真是一方水土养一方人，没错，她虽然当演员，普通话说得很好听，但跟苏老师一样，保顺口音还是没脱干净，她把阿油爸爸的名字“李人杰”说成了“李人吉”。不过现在的苏老师，已经失去了给同学们上课的机会，自从上次家长们大闹英语课堂，苏老师在教导主任面前颜面尽失，学校大概是碍着保顺书记的面子，也不好拿她怎么样，就把她调到了资料室，明说是给她换个清闲岗位，实则已经不放心让她带班，怕真的误人子弟。我们的苏老师就天天坐在资料室里，只让人看个背影。

N 年以后我还能想起苏老师教的歌，儿时的记性真好呵，那歌竟一点没忘。我试图按她教的发音还原她译的英文歌词，第一句隐约是：We little Red Guards follow the Party（我们红小兵跟着党）；第二句，Party said green……（党说，绿色怎么怎么……）岁月的风化能力很强，后面的内容，怎么也还原不出来了。真难为了当年初来乍到的苏老师，用她有限的英语水平，吭吭哧哧老牛拉破车一样地把一首中文歌硬译成了所谓的英语歌。

8

马桑吃完了，李子也谢市了，这个初夏马上就到了尾声，可是我们的年少时光，似乎还很长，我永远记得李妊在马桑树下认真许下的那个愿：她不想和那些她不喜欢的人，在“这片”天空下生活。然而我真的不知道，除了我们面前这一片天空，别样的天空又在哪里。我的地质郎爸爸说过，爬上老阴山就可以摸到云彩。可李研最近从山顶回来向我们报告说，老阴山上根本够不着天，到了那上面，你又会看到另一座山，这就是古诗里讲的“山外青山楼外楼”里的“山外青山”了。这着实让我困惑了很久。

李研最近上了好几次山了，李姹告诉我，他想去找爸爸。李姹还说，李研告诉她，他们家床底下有个洞，洞里有很多珠珠，就是她装在文具盒里的那种五彩珠，只要拿小石头在洞口敲两敲，那些珠珠就会顺着某种神秘的坡度，从里面滚出来，一直滚进你手心。我说这不可能，哪有这么离奇古怪的事！李姹说她也不信，可是李研说，只要她请他看戏，他就带她去敲那个洞，取那些珠珠。

“那后来呢，你不是请他看过戏了吗？”嘴上说不相信，我心里对那个神秘的珠珠洞却产生了强烈的好奇。

“后来……后来我跟他说了好几次，想去看珠珠洞，可是他说，上次那次戏不算数，根本就没看成。再说了，他家床底下被他妈堆上了柴火，都不知什么时候才能搬开。”

我多么失望呵，我的失望甚至不亚于白请人看了一场戏的李姹。少时光阴就是这样，仿佛到处藏着很多奇迹、很多谜，可是当你心无旁骛、精力充沛地想要奔向谜底，却发现那谜忽然退缩了，藏到了层层的大幕后面，就像一场永不开演的大戏。太小的孩子也许还不甘心，还会在大幕面前游移，逡巡，期待大幕重新开启。可是到了我们这个年龄，小学四年级光景，对很多奇迹的虎头蛇尾已经学会习惯，听大人们说，长大是一件很需要耐心的事。我常想，要是没有耐心又如何呢？难道小孩没有耐心就会变成老人，阿姨没有耐心就会长出胡子？

还真让我看见了一个怪人，一个长胡子的“阿姨”。那天先是下很大的雨，丽湖是没有什么盛夏概念的，丽湖的盛夏并不热，只是下很大的雨，出很大的太阳。那天的雨大到我撑开的花布伞里也跟着下起了小雨，狂风肆虐，撑着的伞也会打歪，放学路上都是哗哗的来不及泄洪的水流。我那天穿的是一双布鞋，根本穿不住，早在教室里就脱了，拎在手里，卷起裤腿，打着赤脚蹚水回家。小城的柏油路没什么硌脚的东西，走起来其实挺舒服，水流还不时地一冲、一冲，夏天的雨水，浸在里面久了还温乎乎的。大人们不知道我今天蹚水回家，他们只是太忙了，顾不上我，要是给他们看到我这个样子，肯定又是一阵大惊小怪，其实我挺喜欢这个样子的，我喜欢一边玩水一边回家。

走到百货大楼一带天就晴了，而且天一晴马上就出太阳。所以丽湖童谣有唱“出呵太阳下呵雨，老妈妈出来讲道理”，里面的“呵”字可当“着”字解。这种俗称“太阳雨”的天气，最容易出蘑菇。蘑菇么，是丽湖山里跟黄泡们一起出产的山珍，当地人叫“菌子”，我就爱吃妈妈炒的牛肝菌，胜过爱吃肉。先不说蘑菇。我走到百货大楼就发现那里的十字路口正人山人海，旁边有人说是游行，有人又说不是游行，是游街。我反正已经赤着脚了，索性来个光脚的不怕穿鞋的，直接攀着百货大楼的橱窗栏杆爬到了橱窗上。小孩子虽然个儿小，总有很多克服身高劣势的办法。

果真是游街，七十年代中后期，这种事越来越少了，不过偶尔还是会碰上。被游街的劳改犯，一般都挂着“反革命”“杀人犯”或者“强奸犯”的牌子，被人反剪着双手绑上绳子，押解在解放牌卡车上。多的时候一下会过来好几辆车，每辆车上都押着劳改犯，还不止一个两个。今天好像比较少。我因为上橱窗前还先爬了一段下面的台阶，所在的橱窗地势比较高，所以看车里的犯人就有点居高临下。先过来一辆车子，上面押着一男一女两个“杀人犯”和“教唆犯”，犯人就两个，东一个、西一个地不成阵式，解放军叔叔却有五六个之多，在车上负责押解、警戒。我正觉着无趣，刚想溜下来走人，不想从游行队伍的来路那边，传来了围观人群咿咿呀呀的感叹和惊呼，强烈吸引了我的注意力。

如果前面那辆车只是开场预演的话，后面大戏就来了。后面那辆车车厢两边黑压压站着十来个荷枪实弹的军人，只在车顶五花大绑押着个重犯。那犯人远看梳了两根奇长无比的麻花辫，那辫子的发质好极了，真是又黑又粗，还油亮油亮的。我心下暗想，这头发要是取一根下来给我和李姹穿白蜡花，穿起来的一串一定不止可以戴在手上，还可以像王光美出访印尼时戴的花环那样，长长地在脖子上戴上一串。

“这个阿姨到底犯了什么重罪啊，要这么多人来押？”我心里想。边想边去看她身上挂着的那块牌子，只见上面白纸黑墨写着“反军乱军黑干将李大有”七个大字，还用红墨水在“李大有”上打了把大叉。什么叫“反军乱军黑干将”啊？我正困惑着，卡车驶到近处，我看清了李大有的脸。

天哪，这哪是个阿姨啊，分明就是个男人，因为“她”有着男人才有的杂乱的胡子茬，显然是匆忙中给人胡乱剃过，下颏像割得不整齐，而且割完后又顽强长出草茬的田地，两腮铁青着，那种铁青不光是因为剃净胡子的原因，还因为那人本身在用力，好像为了抗拒什么加在他身上的蛮力，他必须使出更大的蛮力来一样。人与人之间真有什么气场或是心电感应吧，似乎发现我在那么用力地看他，他竟然使劲朝我这边看了一眼。他奋力顶着按住他脑袋的两只手，仰脸朝上、朝上，就在他望过来，找到我视线时，他嘴里“啊……”的一声，吼出一口深长的怨气，如同怪兽，把所有人都吓得不轻。他穿的衣服像是老麻袋缝的，而且现在都入夏很长时间了，他穿的还是件冬衣，老麻袋面料下面还絮着棉。

他凶悍地看了我一眼，通红的眼眶里竟然有泪。那一眼如此宿命，就像一个蓄满了能量的磁力环，通过我又传达到我的同学们身上。我真的觉得后来班里发生的事，跟这个能量环脱不了干系。我不知道一个男人留足这么长的辫子，要在与世隔绝的地方躲多长时间。我只知道，他要是可以不躲，他绝不会留辫子。那天是个星期六，从前的周末只有周日一天，我匆匆离开游行队伍，就往家里躲。整个周末，我都不大说话。只听大人们议论说，老阴山上抓了个逃跑三年的逃犯，是个男扮女装的现役军人，他老婆给他足足送了三年吃的、穿的，没让他饿死、冻死……

周一下午就传来了李研的死讯。陈老师说，李研同学上山游玩，不慎掉进了老阴山上的天生洞。天生洞么，其实就是山上废弃的矿井，我们丽湖除了产山珍，还产矿。听说李研刚掉下去时还卡在十几米深的地方喘过气，两只手在井壁上抓出了一道道深痕……后来没卡住，终于坠入井底，等到有老工人和他的狗发现异样，报告市里，市里再出动消防队找到人，人早就没了气。

只有我和双胞胎姐妹知道，李研是为了找爸才死的。可怜的李研，到死都不知道，他上山的头一天，他爸已经被人告密并成功抓获，然后秘密押解下山。他妈随后没几天也作为窝藏犯锒铛入狱。告密者是阿油在歌舞团的团长伯伯。当然，阿油于不经意间充当了间接告密者，她把那天听到的内容悄悄告诉了她妈。

李研一死，打消了他的鼻涕腔给我的坏印象。时间一长，我甚至都有点想他了，我想告诉他，我终于知道他为什么把鸠山当成社员了，因为我又完完整整看了一遍革命现代京剧《红灯记》电影，那里面李玉和这样唱道："鸠山设宴和我交朋友……"同学，是设宴，不是社员。夏天结束了。

多年以后，李嫣先是早恋做了未婚妈妈，后又吸毒而死，把儿子留给了他的父亲李人杰。李姹远嫁的消息在丽湖传得神乎其神，因为这对姐妹长大以后漂亮得无以复加，在丽湖是一对惹眼的姐妹花，李嫣暴亡后，人们自然而然把关注的焦点集中在了李姹身上。据说李姹嫁了个香港人，那人是个包工头。如果这一切无误的话，李姹应该在我们丽湖远嫁香港的最早一批人里面。

我后来出来念书，一直留在外面。我和李姹都看见了外面的天空，但我们的天空没有交集，我和她再没见过。

2012年2月

北大美人

大眼睛、大嘴巴、大鼻子的小脸美人甘惟凉漂亮得令每一个新结识的女友啧啧生叹，校园里多少觉得自己是个美人的女生，只要一走到惟凉面前，脸上就会低眉顺眼地呈现出一种认祖归宗的笑，既矜持又恭敬，仿佛在向惟凉身上的所有细胞致意：“多不容易啊，你们在细胞合成的道路上辛苦了！”嫉妒是这样一种势利的货色，它只袭击比它的主人略胜一筹的人。所以惟凉在嫉妒的射程之外遥遥领先地漂亮着，她和周围环境实在落差太大。

自然，男女对于美的理解大不相同，比如当女人认同梅格·瑞恩的美貌，以致全美问卷调查的结果梅格是美国妇女唯一允许丈夫婚外约会的对象时，美国男人却觉得甜心梅格不过是幼儿园里一颗漂亮的椰菜娃娃而已。中国男人也一样，任气使性惯了，通常是不会或不愿在审美尺度上向女人看齐的，因为他们担心这样一来，恐怕一不留神就会爱上鞠萍姐姐。可是，终归还是有人受到命运的眷顾，出落成人以后，发现自己竟然不偏不倚，正好处在男人女人对美人画定框框的交集里，比如奥黛丽·赫本。

我如果直截了当地告诉你说惟凉长得就像奥黛丽·赫本，你也许会不相信。不就是一北大女生么？北大女生不也是中国女生吗？如此说来，甘惟凉的漂亮就更加令人好奇了，它到底是哪一种美呢？我们真的很有必要一起来看看男士对惟凉的美的反应。

马给我的印象不是一匹马，而是一条都市里的泥鳅，在钢筋水泥的丛林里穿梭自如，随时随地都脑袋油光光营养过剩的样子，或者说脸孔赤红是因为精神焕发，而身子却因为常耍心眼转小眼珠子而依旧苗条着。此人笑起来很夸张像在做牙膏广告，随时有嘴巴里虚含着一口馒头的感觉，好像随时随地准备好了要咬谁一口似的，令我觉得"胜券在握"这个词实在应该改作"馒头在口"。这一应相貌特征很早就显露出一位未来成功人士的某种扩张性特质。

马这人有点意思，但说实话他不是我故事的主角，他只是故事里一条一滑而过的泥鳅。

第一次遇见马是在图书馆。他排在我后面取书，用他那只几乎完全是嘴的泥鳅鼻子嗅我这个大一女生的后颈。

我吃了一惊，下意识回过头来想看看是谁，心里多半觉得会是个熟人。

"你有洁光，这里。"一个我不认识的人正嬉皮笑脸着，还指指自己颈子后面，好像那里长着的不是他的颈子而是我的一样。岂有此理。

"下一次，给自己的故事开个好头。"我目露凶光血脉偾张，就快到了万箭齐发的边缘，因为担心自己会在斯文之地斯文扫地，匆匆忙忙扔下这句话搂起书来就走。生活就是这样，欠钱的人不慌债主慌，真正斯文扫地的人反而不愁找不着台阶下，这时竟然可以笑笑地坦然看着我的背影越变越小。什么“君子坦荡荡，小人长戚戚”，古人也有犯糊涂弄反了的时候。

烂开头有烂好处，不必死撑着假装正儿八经。再次见面，我已经可以打趣他：“还在贩卖郭沫若？”

他避而不谈这个话题，单刀直入说认识我的女伴惟凉。

真新鲜！新鲜出炉又一只，不，又一头。认识惟凉的雄性动物多了，这个年纪的男生都喜欢在一个锅里抢食吃，男生跟男生的品味趋同得就像F4的N倍Fn全都不可救药地爱上了杉菜……这就是令人呕吐的对象（偶像）得以大行其道的重要原因。

“真的么？”我脸上绽开一个诡谲而同情的笑。这下好了，每天晚上熄灯后前来排队高喊着“甘惟凉”三个字拍打楼门的傻帽又多了一个，每天都恨不得要让惟凉赔管楼阿姨几块门玻璃。

我心里想着嘴上却不说，我才不告诉马呢，这种人在成为成功人士的征途中注定要吃尽女人苦头的。要不怎么社会上会有一种传言，说每个成功男人的背后都有一个女人，每个不成功男人的背后都有许多女人。许多男生因此以为早点圈定一个女朋友就等于早点找到了成功，殊不知只要他不成功，女友就会飞。马你既然是马，你就路遥知马力去吧，呵！就让所有有眼无珠的男生都来拍门好了，让他们拍到眼珠子发颤，拍到发颤的眼珠全都滚落下来变成36楼门前紫竹下的琥珀，每一粒琥珀里面都映出一个惟凉。然后第二天一早我会拉上惟凉再发动全楼女生摇着莲步来拾琥珀，让地质系冰雪聪明的女同学帮惟凉猜猜看：哪一粒是真，哪一粒是假。

马就这样成了我无数的校园朋友之一，见了面聊上几句，然后消失，仅此而已，直至两年后他毕业，不知所终。可能出国了，也可能没出，他是学外语的，两种可能性都非常之大。这两年里尽管他抓紧时间对惟凉进行了各式各样的围追堵截，但因为实行围追堵截政策的男生太多，他始终没法从中脱颖而出。像马这样的男生永远不会明白变主动为被动的道理——甘惟凉这种人被人追惯了，不高兴被人追，有时候自己去追一追人倒是蛮新鲜。

最后一次碰上马是在学三食堂和大讲堂之间的空地上，那里居然有一片稀稀拉拉的柿子林，所以在那里发生任何一种奇怪的邂逅和表白都不会让人觉得怪异。只见马一把拉低鸭舌帽，让他的眼睛藏在阴影里，然后一反快乐的常态，带着哭腔对我说，他以后的妻子不可能是惟凉了，他会在很多年以后的一盏台灯下想她。

追惟凉的男生那么多，他犯得着吗？谁都比他走得近，只有他才敢那么想到就说。更好笑的是，我不知道这事跟台灯有什么关系，都说第三者是电灯泡，难道在马的下意识里，他以后不管娶谁，谁就成了电灯泡么？还是说惟凉注定会成为他和妻子之间永远不灭的电灯泡，永远占有他心灵的一隅？不管怎样，嫁他的人都得冤枉死。难道他这一番表白就是为了炫耀这个无比自恋的结论吗？

我一直没有想清楚这件事，但是许多年以后我一想起马，眼前就会出现一盏装饰着夏威夷草裙式样灯罩的台灯，在那儿转啊转，炫啊炫，好像在不停地说着“注意我啊，注意我”，好像马本人变成了台灯似的。好在我还不至于但凡看到台灯都会想起马，不然台灯可就成了走马灯了。一般说来人走得越远，灯的式样也越是繁复不定，不知道马现在在世界的哪个角落里守着哪一种式样的灯？更不知道还有多少散落在世界深处的曾经被马叫过名字的女子，会在夜里凭着一盏台灯想起这个叫作马的男人？从始至终，我都觉得马念外语有点屈才，应该进表演系才对。喜欢作秀的马，我竟然没有忘记他。

其实惟凉这个大美人一点也不如花似玉，一点也不亭亭玉立地低着头。她的美是反传统的，一朝得道便大放光明那种，来得夸张、离谱，大眼睛，大嘴巴，大鼻子，大骨架，又瘦得厉害，组合在一起就是邪了门的好看。

唉，我要是她妈就绝不会放她一个人离家北上来求学，任你再是什么北大也不放，谁不知道现如今的大学校园呀？一只多么美丽纯洁的小羊羔，眼看就要开始它的青春期冒险之旅了。可是话又说回来，我干吗是她妈呢？是她妈有什么好，成天提心吊胆的。也不知道她妈漂不漂亮，她像她爸还是像她妈。美女的来源常常引起人们的百般思考，很多美女像野草一样，从你根本想不到的地方长出来。唉，实在是造化弄人呀，如果其中的诀窍让人掌握了，想怎么优生优育就怎么优生优育的话，造化就不叫造化，美女也不叫美女了——因为失去了和普通人之间的参照。

比方说，还不知道惟凉以后养个女儿是不是至少跟她一样漂亮呢，我看难说，万一她嫁的人不英俊呢？万一她嫁的人英是英俊了，可是两口子的漂亮基因在女儿身上呈隐性呢？林青霞的全家福照片在网上到处乱飞，众网友异口同声地指出嫁夫不俊等同于遇人不淑的严重后果，就是再大的美人都会生出很惨的丑女来。

不是有许多漂亮父母生出来的孩子相貌平平吗？也不乏相貌平平的夫妇生美女的例子。美丽这东西好难说，上天给你你就拿着，就像公司里的人去领薪水，也别问什么来龙去脉，拿着就拿着，要受用得起，就当是游戏开始时你扮演的角色一上来就比别人积分高吧。但往后是盈是亏，可就全靠自己的本事了。

话说回来，美在北大不是一种累赘就是一种风险，或者是一种浪费，总之左右不是东西。你说你都那么聪明了还那么漂亮干吗？这里任谁都是天之骄子骄女，你跟谁在一起谁就成了陪衬人或者让没能跟你在一起的男生觉得特有失败感，你就不怕一伙绝顶聪明的人急起来合伙把你给吃喽？他们只要轻轻问一句就够你喝一壶的——你该不会是选美选进来的吧？以前不让选美还好说，现在国家都提倡了，这嫌疑可就大了。

唉，真是美女也有美女的烦恼呀！可是既然是人都有烦恼，换了是我我当然也宁可选择承受美女的烦恼了。哼，我是美女我怕谁？！然而最要命的是，我们的惟凉她不知道也不相信自己漂亮，她常常照镜子，在熄灯后的楼道上，就着那儿的灯光，照楼里门廊处供女生们出门整装的穿衣镜。左照照，右照照，担心自己长得不好看，配不上他。从哪里钻出来的这个“他”，莫非英俊赛小贝？非也非也，他是她一进系里就结识的学长，他英不英俊不要紧，这个年纪的男朋友关键是要有才。

老师们都说他有才，而且是可造之才，很有培养前途呀！刚进大学的小女生听到这个消息，第一反应就是这个人提前领到了北大的饭票，所以据说有很多女孩追他，而且追他的女孩里有人既美丽又去了海外。啊，海外！有个恋人在海外，是这个世纪交接时代恋人分手时最流行也最苍凉的姿态。虽然已经互道了再见，但是因为中间有海，两边就可以成为对岸的梦，因为有海风，就连伤感也不再是郁闷的，而多了几许新鲜味道。于是失恋也失得底气十足，不同凡响。要是下次碰到的是一个无端因为待在国内就自惭形秽的女孩，那么甚至是上一次的失恋也要比下一次的热恋优越很多呢。

刚才说到惟淙不知道自己漂亮，可是她既然是个大家公认的美女，所有美女会遇到的事她就都会遇到；而且惟淙还不是一般的美人，她是北大美人，所以她遇到的事别的漂亮姑娘就未必能遇到了。

北大女生都很慷慨，比如我们夸惟淙漂亮的时候，她就一定会夸你聪明，原封不动地再还你一分美意。于是交谈气氛就会其乐融融，融洽得不行。至少在这一瞬间，所有的青春光彩、喧哗与骄傲，这里都有了，都在共享；至少，在今后各人的记忆里，储存着曾经的风华绝代，少年任气。未来的一切还没有展现，眼前的驿站又如此炫目，真好，好像人人都可以留在这里永奏生命的华章。

有一次惟凉问我：“谈到春天你想到什么？”

“春天？”

“是的，不要考虑太长时间，把你最先想到的第一答案告诉我。”

“草莓。”

“哗！你很早熟哦。”甘惟凉一脸坏笑，死妮子说这是个关于性心理的测验题。

我见过惟凉的全家福，她一点也不像她爸妈，她爸妈实在是长相平平。可是，这张照片里最漂亮的人物，却不是甘惟凉，而是甘惟凉的外婆。老太太眼窝凹凹的，不化妆也眼影深深的，眼睛亮亮的，一看就知道是个有信仰的人。三四十年代在江南度过青春期的女子，你会相信她见过你没见过的好东西，所以她信什么你都会信她。这种女子如果儿孙满堂，她的灵气会在第三代女孩的身上重新显现出来。所以父母是漂亮人物的前提下，儿女顶多也就是漂亮而已，可是外婆是漂亮人物的话，外孙女却有可能既聪明，又漂亮。

我看惟凉外婆的照片，看了第一遍之后，又要过来看第二遍。完了以后才很是满足地长吁一口气，拍拍惟凉的肩膀说：“这就对了，隔代相传，你像你外婆。”之所以看两遍，第一遍只是确认她漂亮的来历，第二遍，才是看了又看之后确认灵气得到了传承。确实很麻烦。很难想象一个这么漂亮的女孩子，在漫长的中学时代居然没被各种更为轻松的诱惑把心掳了去，却甘于和千军万马一起同赴高考这座独木桥，而且居然一马当先地以她那座城市的高考状元身份考上了北大。聪明啊聪明！

不过在大家都聪明的地方，聪明也就不算什么了。于是她的漂亮如此奇异地展露出来，简直是备受关注。

我们几个小妮子认识惟凉后都获得了巨大的审美愉悦，忽然间变得无比慷慨起来，当面恭维，背后赞美，女孩间本能的提防和猜忌这时都不存在了。这一次，美让我们心悦诚服地领略到了它的力量。可是离奇的事情发生了，任谁说什么，惟凉就是一脸茫然，不相信自己的美貌，仿佛给一道咒符罩住，你再怎么围着她跺脚、长呼、叹息，她脑子里的这根弦就像沉睡的玫瑰公主一样，就是醒不过来，如此身在福中不知福，真正急煞人!

唉，看来是一匹被人蒙住了眼睛的瞎马。

让马拉磨的招数世人皆知，就是将马的眼睛蒙住，让它一圈接一圈瞎转悠，自以为像走山路似的赶完这一程，就可以到达一个新的歇脚处，苦役也就告一段落——马实在是很自觉的一种生灵啊，不会不劳而获。殊不知苦海无边，永无尽头，如果你想知道什么叫作如梦初醒和委屈失望的眼神，就去守着拉磨的马，等它被摘下蒙眼布的那一刻吧。

让马拉磨不稀罕，可是让美女考名校的绝招有谁听说过?现在全民生活水平提高了，先天的条件再加上后天的培育，美女产量简直是在跃式上升。在这样一个美女辈出的时代，美女家庭光是把宝押在“物以稀为贵”上显然已经不灵了，恁是多美的美女，也要备齐各种软硬件才能高枕无忧呀。所以，我要在这里无偿公布惟凉一家教女有方的白金点子，听好了，我可要说啦——很简单，就是从小一直一直告诉她，你不漂亮不漂亮，No！ Never！所有的伤心失落，父母要当面看见，照单验收，全盘掌握，好过她以后在未知的地方、未知的人面前方寸大乱。

于是这美女就好比被摘除了一根脑神经，变得像雅典娜一样地理智骁勇，这才“美马当先”地越过了要命的独木桥。真好，连蒙眼马那种如梦初醒和委屈失望都不必有，还没醒来就已是天堂，只有自家父母，才会考虑得如此周全：只要到的是天堂，连狼也会斯文一些吧，又哪怕她小马变羊羔呢？

所以我们的惟凉每天背个又破又大的书包，荆钗布裙地奔出36楼女生宿舍，大跨步地朝图书馆、朝一教二教三教的自习室进发；因为性子急，走路一贯跌跌撞撞，两条腿非常之忙不过来。就像一个脖子上挂着价值连城珠宝懵里懵懂穿过嘈杂闹市的天真小童，她的美令你无奈又担心，反而平添一种刻骨铭心的动人之感。

惟凉不招摇却兀自迎风招展，这是我最喜欢她的地方。她是她自己的一面旗帜，无比的精神又无比的飘逸，飘在她的北大时代，尤其是早期，那时她每一次奔出去学习都像是去赴一场惊天动地的约会。到了后来，她的情路迷离交叉，心路也逐渐看不清，这时她每次正儿八经地去赴约会，看上去反倒像是去例行单调乏味的学习。

每个女孩在自己特定的时期，都会长成一面小旗在风中猎猎，只是自己不知道罢了。每个人好像都那么急着要长大，急得不行，用自己和别人制造的种种理由。或者应该说，长大是挡不住的，我们只能像夺宝奇兵一样，尽量往自己的背囊里装东西，尽量装，然后在最短的时间里背着最多的财宝穿越危机四伏的青春隧道，逃回生天。

我和惟凉有过一次共同躲地震的经历，那天黄昏，风起于青萍之末，莫名的恐慌席卷了31楼我们后来的女生宿舍，因为据传有地震局可靠预测，当晚北京会地震。不知道消息是从哪里来的，越是不知道心里就越是七上八下。有人想起了唐山大地震，有人惦记说北京那么多古建筑怎么办，有人说博雅塔会不会也变成北大斜塔……就在所有人举棋不定，不知道应该怎么应变的时候，我和惟凉手拉着手率先奔出楼门，奔到楼前花园中心的DS雕像，也就是俗称的德先生赛先生雕像下。

这里周围空旷，雕像本身又不是太高，我们私下可能都做了目测，但嘴上谁也没说，觉得哪怕四下里一片呼啦啦似大厦倾，楼面笔直地砸下来，也不会殃及我们所在的位置。就这样，两个人面朝31楼，背倚雕像席地坐下，颇有点抢先占据了有利地形的庆幸和近乎得意之感，而且人一旦出来，就很想看一出好戏，巴不得面前的整座楼房卡通化地（就是可以复原的那种）稀里哗啦倒出一片玻璃声，才好证明我们有先见之明。

天色渐渐黑死了，我们俩靠着靠着就冷起来，要知道那雕像可是铝合金之类的金属做的呀，敲起来空空洞洞，压不死人却也让人心里没着没落。靠的时间一久，可以依赖的感觉渐渐淡化，金属的冰凉却渐渐袭上身来。我们说了许多话，两人一块跟这场预期的地震较劲，很有一股同仇敌忾的热乎劲在心里暖着。

眼看早过了预测会地震的时间，大地并没有丝毫颤抖的征兆，连我们嘴里呵出来的气都是平的、顺的，这下轮到两个人自己较劲了。学生时代的不顾后果，就是冲出楼门的时候压根就没想过会怎么收场。然而场总归要收，台阶也是要下的，可就是谁也不说最想说的一句话，眼看着楼里聒噪的人声越来越大，哪怕有躲出去的人此刻多半也回来了，亮灯的窗户也越来越多，楼门在当中一分，整座宿舍楼看起来就像蜻蜓的两只怪异的复眼。

“你觉得地震是什么?”惟凉问。

“地震么，就是大地裂开，露出一个秘密。”我说。

“我觉得你现在跟我说话不是一句一句的话，而是一个接一个的字。”她说。

“它们迟早会被冻成一个又一个的方块字，还来不及传进你的耳朵，半路上就掉下来，堆成一摞又一摞。”

“那我就一个接一个捡起来看你到底说了什么。”

我真没辙了。西尔维亚·普拉斯说过，再没有比共同体验呕吐更能让人成为朋友的了，这姐们肯定没经历过地震。

“你也别捡了，”我没好气地说，“把你最近练得最拿手的功夫亮出来我看看，快点!”

我说的是最近我们女生宿舍里正在如火如荼开展进行的“抛媚眼学习运动”，该运动的口号是“运动运动我的眼，保证不是近视眼”。

“你的眼睛看穿未来和过去，你的眼睛昙花看了也哭泣……”

“你的眼睛如千年塞外的诗，你的眼睛沉落世外的秘密……”

这上面都是周峰的歌，是我们练习抛媚眼时的必选乐，相当于张惠兰练瑜伽时好听的背景乐。

两人好一番又唱又闹，后来一个人先喊起来：

“不好，我的‘千年塞外诗’抛不过去了，被冻在半路啦！”

“糟糕，我的‘昙花也哭泣’好像也在劫难逃！”

“怎么办，怎么办……”两人狂喊，抬头问天。

“嘻嘻，我把一颗又一颗的媚眼冻得梆硬抛向你……”

“哼哼，我把一吨又一吨的媚眼没头没脑砸向你……”

……

“知道吗，要是房子倒了，我最心疼什么？”她忽然问。

“你可千万别说是你的情书。”

她就不吭声了。

这时，就像早有预谋似的，从雕像背后冒出个年纪很大的男生，送惟凉一只刺猬，连一只破箩筐一起送。刺猬灰不溜秋的，又小又可怜地瑟缩着。

原来这就是我们从来没见过的大名鼎鼎的刺猬，原来这就是大地今天展露给我们的一个秘密啊。

我忽然觉得怪异极了，今天所有的一切，地震的消息，蜻蜓的复眼，冻成方块的字和一吨又一吨梆硬的媚眼，惟凉欲盖弥彰的情书，还有这古怪的刺猬先生及其刺猬。

“回去吧。”我说。

2011年4月

后 记

这书还会有续集，因为回忆就像沙子跟沙子之间也会存在的空气，会不断冒泡。人为什么要回忆？回忆在寻常意义上就是一种回望，回过头去，不时看自己惦记的人和事一两眼——那些人和事如同静物，一直都在那里。

真的一直都在那里吗？一直都在的，其实是愿望和假象。故居会拆迁，亲友会离散，曾经的老城和镶嵌其中的旧时光——我们所熟悉的气息和秩序，那些当时的岿然不动和习以为常，时间只用它的魔指轻轻一点，刹那间便可消失得踪迹全无。比如我的中学母校个旧一中，现在就找不着了，在原校址上的学校不叫这名，叫这名的学校压根不是原来意义的母校——时光仿佛开了个玩笑，让所有一中学子回去都变热锅上的蚂蚁，兜兜转转，寻不回一份老岁月本该从容沉淀、应允的昔日重来。

所以回忆不得不活跃起来，变成一种还原和创造。我的回忆是固执的拼图，哪怕有时也微茫得如同考古。我没有光凭一点须尾就想还原全身的宏图大志，我只是珍惜时光深处的一鳞半爪，想用它们身上承载着的遗传密码和生命迹象，和周遭袭来的暮色四合、空蒙苍茫区别开。世界就是这样，文字里的存在，有时比可以触及的真实存在活得都长。

从云南个旧小城出发，世界向我渐渐现出它的核心——那个曾经是我的整个世界的故乡，在核心地带以外。它拉伸着我的坐标，提醒着我的参照，这些拉伸和提醒，无不令回忆充满张力，让当初身处其中的漫不经心，变成眼下执笔的时时在意，以至刻骨铭心。如果现在的我还生活在云南，兴许就不会有这样一本书，因为那样一来，我和云南之间会没有审美距离。为了记忆，所以离开。我要感谢命运的成全。

首次结集出版的相关文字分为两个部分，“云锦”是散文随笔，“两朵云”是一个写惯散文的人向小说方向孵化的两篇作品，其中短篇《北大美人》2011年经贾梦玮主编之手发在《钟山》第4期，是本人发表的第一篇小说；中篇《马桑树的夏天》此次首度奉献给读者。“云锦”又分三辑，“词语漂流”——通过词语编织回忆之筏；“个旧各位”——我有所念人，隔在远远乡；“沙地沙发”——沙地杂谈，沙发会客。“云锦”中的多篇作品，经汪惠仁主编之手发在《散文》上，自2008年第10期刊发《我在北大的日常生活》始。汪主编还为本书撰写了序言，题写了书名，幸甚至哉。

最后还要提到一位非常重要的文学引路人，《散文世界》曾经的常务编委、散文家韩少华先生，曾于1989年第5期慷慨栽培，刊发了我一个校园新人的青涩之作《感时春雨细无声》，给了当时还在北大念大二的我未来从事写作的十足信心和底气。

先生今已作古，谨以此书向他致敬。

正如以上提到的几位，我在文学创作的道路上遇到不少良师益友，他们卓越的见识和超拔的品性，都极好地阐释了从事文学不止是一种现世坚持，更是一种人生享受。

感谢广西区党委宣传部启动首批广西文化名家暨“四个一批”人才扶持计划，让我有了整理这些回忆的现实可能。感谢培养了我多年的漓江出版社。

沙地黑米

2017年1月2日

图书在版编目 (CIP) 数据

彩云追 / 沙地黑米著 .
一桂林 : 漓江出版社 , 2017.5
(“广西文化名家暨‘四个一批’人才”文丛)
ISBN 978-7-5407-8070-8
Ⅰ. ①彩… Ⅱ. ①沙… Ⅲ. ①散文集 - 中国 - 当代
②短篇小说 - 小说集 - 中国 - 当代 Ⅳ. ①I217.2
中国版本图书馆 CIP 数据核字 (2017) 第 074758 号

CAIYUN ZHUI
彩云追
沙地黑米　著

责任编辑：辛丽芳
　　　　　孙精精
书籍设计：石绍康
责任监印：杨　东

出版人：刘迪才
漓江出版社有限公司出版发行
广西桂林市南环路 22 号　邮政编码：541002
网址：http://www.lijiangbook.com
全国新华书店经销
发行电话：0773-2583322　010-85893190
北京汇瑞嘉合文化发展有限公司印制
[北京市经济技术开发区荣华南路 10 号院
荣华国际大厦 5 号楼 1501 室　邮政编码：100176]
开本：880mm × 1230mm　1/32
印张：8.25　字数：170 千字
2017 年 5 月第 1 版　2017 年 5 月第 1 次印刷
定价：40.00 元